는 오성(五星)의 집결을 관측한 기록을 보고

국(東國)이 이미 큰 나라를 이루고 있었음을 알 수 있었다.

그로부터 천 년 후 이들의 자손이 주(周)를 찾았으니
그 내력이 중화(中華)에 못지않으리라. 놀라운 일이로다. 놀라운 일이로다.

천년의 금서

천년의 금서

초판 1쇄 발행 | 2009년 5월 20일
개정판 1쇄 발행 | 2023년 1월 16일

지은이 김진명
발행인 한명선

편집 김수경
마케팅 김예진 **관리** 박미실 **디자인** 모리스

주소 서울시 종로구 평창길 329(우편번호 03003)
문의전화 02-394-1037(편집) 02-394-1047(마케팅)
팩스 02-394-1029
전자우편 saeum98@hanmail.net
블로그 blog.naver.com/saeumpub
페이스북 facebook.com/saeumbooks
인스타그램 instagram.com/saeumbooks

발행처 (주)새움출판사
출판등록 1998년 8월 28일(제10-1633호)

© 김진명, 2023
ISBN 979-11-92684-26-0 03810

이 책은 저작권법에 따라 보호받는 저작물이므로 무단전재와 무단복제를 금지하며,
이 책 내용의 전부 또는 일부를 이용하려면 반드시 저작권자와 새움출판사의
서면동의를 받아야 합니다.

• 잘못된 책은 바꾸어 드립니다.
• 책값은 뒤표지에 있습니다.

천년의 금서

김진명 장편소설

새움

차례

작가의 말

고조선 이전 우리나라의 이름은 한(韓)이었다.

우리가 한민족이고 우리나라의 국호가 대한민국인 것은 바로 이 한에서 유래한다.

조선이라는 이름이 기록상에 처음 등장하는 건 기원전 3세기 무렵.

하지만 이 한이라는 국호는 기원전 9세기 무렵의 유력한 기록에 나온다.

그런데도 우리는 일본인들이 그어놓은 금을 한 발짝도 넘어가지 못한 채 우리 고대국가는 고조선이라고만 알고 있다.

대한민국의 한이 어디서 왔느냐고 물으면 삼한이라고 대답하는 게 고작이다. 그러나 이 삼한이 어디서 왔는지는 누구도 알지 못한다.

나는 오래전부터 우리나라의 국호인 한이 어디서 왔을까 하는 의문에 사로잡혀 한이라는 글자를 담고 있는 이 세상의 갖가지 오래된 기록들을 찾아헤매 왔다.

지구상의 온갖 서책을 다 뒤진다는 각오로 고군분투하던 내게 윤내현 교수의 중국 문헌에 대한 조언은 큰 도움이 되었다.

이 추적의 결과는 놀라운 것이었다.

기원전 7세기 무렵 편찬된 사서삼경 중의 한 권에서 나는 우리의 조상 한후(韓侯)라는 왕을 찾아낼 수 있었고, 후한의 대학자 왕부가 이 한후를 분명 우리의 조상이라고 확인한 저작과도 만날 수 있었다.

뻥 뚫린 상태로 있던 우리의 고대사에 고조선보다 훨씬 이전에 존재한 나라의 확고부동한 실체가 등장한 것이다.

나는 이 엄청난 주장을 뒷받침하기 위해 누구라도 받아들일 수밖에 없는 확고한 자료를 근거로 이 책을 써냈다.

특히 나의 서지학적 추적과 별개로 천문학자 박창범 교수의 실험을 소개했다.

그는 〈단군세기〉에 기록된 기원전 18세기의 행성집결 현상을 과학으로 재현함으로써 한민족의 독자적 기록이라면 무조건 부정되거나 위서(僞書)로 밀어붙여져 온 풍토에 큰 충격을 주었다.

지식과 과학기술의 급격한 발달에 따라 모든 학문의 영역에서 한 해가 다르게 새로운 방법론과 해석이 나오고 있지만, 우리 고대사만은 글자 하나 바뀌지 않은 채 60년 전의 기술이 그대로 교과서에 실려 있다.

수성 금성 화성 목성 토성이 일렬로 늘어서고 남해안의 조수가 먼바다까지 밀려난 걸 이미 기원전 18세기에 기록했던 확고한 문명국이 한낱 웅녀니 단군 할아버지니 하는 아이들 이야기 수준으로 버려져 있는 것이다.

나는 이 책이 우리의 잃어버린 역사를 되찾는 데 이바지하기를 바란다.

권동현 이용흠 김영일 한명선
이들과 출간의 기쁨을 함께 나눈다.
또한 홀로 내면의 길을 걷는 명덕에게 용기를 주고 싶다.

제천 용두산 기슭에서
김진명

여교수의 죽음

점심시간을 갓 넘긴 종로경찰서 형사계의 졸리던 분위기는 한 통의 전화벨 소리에 깨어났다.

「여기 명륜지구대 박 순경인데, 죽은 사람이 있습니다.」

「죽은 사람? 어디요?」

죽은 사람이라는 말에 형사들의 눈초리가 일제히 전화기로 쏠렸다.

「명륜동입니다.」

「아니, 명륜동을 묻는 게 아니라 죽은 장소가 어디냔 말이오?」

「집입니다. 개인주택입니다.」

「어떻게 죽었는데?」

「목을 맸습니다.」

「목을 맸다? 그럼 자살이라는 얘긴가. 왜 죽었다는 거요? 주변에 누구 없어요? 가족이라든지.」

「가족은 없이 혼자 사는 여자라고 합니다. 여교수라는데 파출부가 이틀에 한 번씩 와서 허드렛일을 도와주는 외에는 찾아오는 사람도 거의 없이 혼자 조용히 지내는 사람인 모양입니다. 파출부가 좀 전에 와서 발견하고 신고를 했는데, 그저께 와서 보았을 때는 기분이 괜찮아 보였다고 합니다.」

「그저께 기분으로 보아 오늘 자살할 이유가 없었다고 할 수는 없어. 어떤 사람들은 죽기 오 분 전까지도 깔깔거리다 갑자기 목을 매요. 그런데 대학교수라 그랬어요? 그거 참. 교수가 목을 매다니. 현장 상태는 어때요? 심하게 어질어져 있다든지 뭐가 깨진 게 있다든지 하지 않아요?」

「목맨 현장인 서재는 아주 잘 정돈이 되어 있고 외부에서 사람이 침입했다거나 한 흔적은 없는 것 같습니다. 그런데 시체가 아주 이상하게 목을 매고 죽었습니다.」

「어떻게 이상하다는 얘기요?」

「목을 천장에 맨 게 아니고 책에 매고 죽었습니다. 그러니까 서서 죽은 게 아니라 앉아서 죽었다는 얘깁니다. 저는 이런 모양은 처음 봅니다.」

「목을 어디에 매고 죽었다고?」

「빨간 비닐 노끈을 엮어 목에 걸고는 그 끝을 책장에 꽂혀 있는 책에 칭칭 감고 죽었습니다.」

「그러면 책이 쏟아지지 않나? 아무리 무거운 책이라 하더라도 몸무게를 버틸 수가 있나?」

「사서삼경 전집류인데 책이 커 책장의 네모난 칸 안에 꽉 들어차 있기 때문에 묘하게도 앞으로 쏟아지지 않고 힘을 충실히 받게 되어 있습니다.」

「사서삼경 뭐? 근데 앉아서 목을 매고 죽었다고? 그게 가능한 얘기야? 앉아서 목을 매고 죽어? 하여튼 알았어요. 사람이 나갈 거예요.」

보고를 받은 경찰대학 출신의 목 반장은 자신이 직접 나가보기로 했다.

현장에 도착하자 젊은 반장은 순경과 파출부의 증언을 듣고 서재로 들어가 시체의 차림새와 장신구는 물론 얼굴에 남아 있는 화장기까지 세심하게 살폈다. 이런 것들은 사람이 살아온 내력은 말할 것도 없고 현재의 형편, 성격, 나아가서는 사건 발생의 원인까지도 말하는 법이다.

공교롭게도 〈논어〉 〈맹자〉 등 사서삼경에 매달려 죽어 있는 시체는 아주 평온한 표정을 하고 있었다.

목 반장은 연신 몸을 폈다 구부렸다 하며 죽어 있는 여자의 전신을 세심하게 살폈다. 삼십대 중반으로 보이는 여자는 고개를 뒤로 젖힌 채 혀를 약간 빼물고 있어 자살한 여느 시체와 다를 바가 없었다.

「온도를 재봐요.」

「네.」

옆에 대기하고 있던 형사가 주머니에서 체온계를 꺼내 시신의 체온을 쟀다.

「30.5도입니다. 죽은 지 약 6시간 됐다는 얘깁니다.」

「6시간이라…….」

반장은 6시간이란 수치를 머릿속에 집어넣으며 이번에는 눈에 들어온 끈을 유심히 살폈다. 여러 겹으로 엮인 빨간 비닐 끈은 단단한 올가미가 되어 책과 목 사이에 걸려 있었다.

다른 형사들도 올가미를 유심히 살폈다. 빨간 비닐 노끈은 어디에서나 볼 수 있는 흔한 것이었다. 줄의 잘린 단면이 전혀 흩어져 있지 않고 깨끗한 걸로 봐서 목을 걸 용도로 새로 자른 것임에 분명했다.

「누구 집 안에 이 줄 뭉텅이 같은 게 있는지 찾아봐요.」

목 반장의 말이 끝나자마자 배 형사가 기다렸다는 듯 싱크대의 서랍에서 찾아낸 노끈 동태를 내밀었다. 10년 이상의 강력반 근무로 이미 현장 포인트를 훤히 머리에 넣고 있는 그는 시체를 보자마자 끈 뭉치부터 찾아낸 것이다. 반장은 노끈을 대조했다.

「여기서 잘라냈군.」

동태에 감긴 노끈 끄트머리의 비스듬하게 잘린 자국은 시체의 목을 조인 끈과 정확하게 일치했다. 이것은 타살이든 자살이든 간에 이 집에 있던 끈이 사용됐다는 것을 의미했다.

사망 사건에서 죽음의 도구를 찾아내는 일은 매우 중요하다. 목 반장은 일단 집 안에 있는 노끈이 사용된 것을 보고 이 사건은 자살일 가능성이 많다고 생각했다. 하지만 여자가 앉아 있는 모양이 아무래도 자살의 자세로서는 마땅하지 않다는 생각에 목 반장의 미간은 절로 찌푸려졌다. 실제의 자세도 자세지만 이런 모양으로 죽을 수 있다고 사전에 생각한 점도 너무 이상했다.

「배 형, 이 여자는 이 자세로 자살하는 게 가능하다고 생각했을까요? 자살이라면 숨이 넘어가는 그 순간까지 죽겠다는 의지를 관철해야 하는 것 아닙니까? 그런데 이 자세로 그게 가능할까요?」

배 형사는 잠시 생각하더니 고개를 저었다. 사람이 마지막 순간 본능을 뿌리치고 자신의 의지만으로 자살할 수는 없는 법이었다.

목 반장은 다시 앉아 목에 난 끈 자국을 세심히 살폈다.

뒷덜미는 손으로 눌린 자국도, 끈의 매듭 자국도 없이 깨끗했다. 끈은 턱밑 깊숙이 자국을 내고 목 옆으로는 얕은 흔적만을 남기다 목덜미 부근에선 완전히 사라지고 없었다.

배 형사는 끈 자국을 유심히 살피다 혼잣말처럼 중얼거렸다.

「앞에서 당기든 뒤에서 당기든 끈을 사용한 이상 타살이라면 목에 긁힌 흔적이 남아야 하잖아. 그런 관점에서 본다면 이건 틀림없는 자살인데…….」

아닌 게 아니라 시신의 목은 마치 갓 목욕을 마치고 나온 것처럼 희고 깨끗해 죽음과는 너무 어울리지 않았다. 배 형사는 어느 정도 강직이 진행된 시체 옆에 쭈그리고 앉았다. 그리곤 준비한 확대경을 목에 댔다. 손톱자국도 멍도 없는 목은 빨간 비닐 끈 자국만 일직선으로 남겨져 있을 뿐 깨끗했다.

그는 다시 방바닥에 엎드려 확대경을 얼굴 가까이 댄 채 티끌 하나 놓치지 않고 바닥을 훑기도 하고 일어서서 거듭 책장의 높이와 줄의 길이를 재보기도 하는 등 여자의 죽음을 판정할 수 있는 단서를 최대한 찾아내려 했다. 하지만 배 형사의 이런 노력에도 불구하고 자살과 타살의 판정을 내리기 힘들었다. 시체의 괴상한 자세와 깨끗한 목덜미는 그 모든 것을 미궁 속으로 몰아넣었다. 밖에서 사람이 침입한 흔적도 없고 저항한 흔적도 없는데다 주변이 아주 깨끗한 걸로 보아서는 분명 자살이지만, 사람이 이런 모양으로 목을 매고 죽을 수는 없을 것 같았다. 한참 동안이나 묵묵히 생각에 잠겨 있던 배 형사는 이윽고 머리를 세차게 흔들더니 결단을 내린 듯 굵은 목소리를 밀어냈다.

「다른 건 차차 생각해봐야 알겠지만 일단 스스로 목을 맨 건 틀림없습니다. 손이나 목이나 저항한 흔적이 전혀 없으니 말입니다. 남에게 목을 졸려 죽은 시체가 이렇게 깨끗할 수는 없습니다.」

「그건 그런데…….」

목 반장은 고개를 저으며 일어나 거실로 나가 앉았다. 배 형사는 경험도 없는 반장이 자신의 의견을 무시한다고 생각했는지 입 모양을 잔뜩 비튼 채 반장을 따라 나가 소파에 걸터앉더니 다시 단호하게 내뱉었다.

「반장님, 이건 자살로 밀어야 합니다.」

다른 형사들 역시 자살로 받아들여야 한다는 눈치였다.

목 반장은 질문을 던졌다.

「누군가의 가격에 의해 의식을 잃은 상태로 끈에 매달리게 된 경우도 있지 않을까요?」

「저도 그런 생각을 하고 철저히 살펴본 결과 여자가 가격당한 흔적은 전혀 없습니다. 아시다시피 아주 약한 자극도 시신에서는 바로 시반으로 나타납니다. 여자는 오로지 기도가 막혀 죽었는데 목덜미에는 매듭의 흔적이 없고 턱밑에만 끈에 팬 선명하고 단일한 흔적이 있습니다. 약간 특이한 경우이긴 하지만 타살은 절대 아닙니다. 절대로요.」

배 형사는 단호했다. 하지만 젊은 반장은 쉽사리 자살 판정을 내리진 않았다.

「일단 시체 압수수색영장을 발부받아 부검을 합시다. 아무리 생각해도 이 자세는 의문의 여지가 있어. 부검 결과가 나오면 다시 생각해보자고. 그동안 강 형사와 김 형사는 주변을 탐문

해봐요. 가족에게도 연락하고. 당분간 현장은 봉쇄해요.」

「네.」

형사들은 마뜩치 않았지만 상관의 말을 듣지 않을 수는 없는 노릇이었다.

책에 목맨 주검

부검의가 보내온 소견은 경부 압박에 의한 질식사였다. 여자는 호흡단절이란 단 한 가지 이유로 숨을 거두었고 그 이외의 어떤 의심 가는 흔적도 없었다. 따라서 부검의는 분명하게 자살이란 견해를 부검서의 소견란에 적어 보내왔다. 형사과장은 현장에 나갔던 목 반장을 비롯해 각 반의 반장들을 불러 회의를 열었다.

최고참 반장이 보고를 겸한 결론을 내렸다.

「과장님, 부검 결과 시신의 내외부에는 목을 압박한 끈 외에는 어떤 흔적도 없습니다. 내부 출혈은 말할 것도 없고 울혈도 피멍도 긁힌 자국도 없습니다. 독극물 또한 검출되지 않았습니다. 대학교수라 부검에는 검사도 입회했다고 합니다. 틀림없는 자살입니다.」

「어때, 목 반장? 자살로 종결지어?」

과장은 부검소견서를 손에 들고 목 반장에게 물었다. 부검에 검사가 입회한 이상 목 반장은 물러서지 않으려야 않을 수 없었다.

「알았어요.」

목 반장은 맥이 빠진 채 형사들로부터 보고도 받고 지시도 하는 등의 일상으로 돌아가지 않을 수 없었지만, 그 이상한 자세에서 오는 의혹을 완전히 떨쳐버릴 수는 없었다. 도대체 일어서기만 하면 살아날 수 있는 자세로 자살했다는 건 아무리 생각해도 받아들이기 힘들었다. 그는 가슴이 답답해져오는 것을 느꼈다.

경찰대학 생도 때는 어떤 교묘한 살인이라도 자신의 손을 빠져나가지 못할 거라고 자신했었지만, 막상 현장에서 근무하다 보니 분명히 의문이 생기는 사건도 계급과 시간에 몰려 놓칠 수밖에 없는 경우가 많았다.

오전 내내 우울해 하던 그는 오후가 되자 벌떡 일어나 혼자 자동차를 몰고 국립과학수사연구소로 향했다.

「목이 졸려 죽는 바로 그 순간의 데이터요? 그런 건 없습니다.」

「전문가가 없을까요? 그런 상황을 잘 아는 사람 말입니다.」

「우리에게는 시체나 가져오지 죽어가고 있는 사람을 데려오지는 않잖아요?」

「대한민국 과학수사의 메카에서 그 정도도 아는 사람이 없다니 한심하군요.」

「아니, 여보시오. 당신이 연구소에 사람을 대줬어요, 돈을 대줬어요? 우린들 모르고 싶어서 몰라요?」

「답답해서 하는 얘깁니다.」

「글쎄, 그런 건 우리보다 검사나 구치소 직원들이 더 잘 알 거요. 그들은 사람을 목 졸라 죽이는 현장에 입회하니까요. 아니, 그들이 목 졸라 죽이는 거죠.」

말은 거칠었지만 맞기는 맞는 말이었다. 목 반장은 경찰서로 돌아와 전화를 서울구치소로 돌렸다. 서울구치소는 원래 미결수들만 수감하는 곳이지만 기결수라도 사형수는 서울구치소에 둔다. 사형장이 있기 때문이다. 전화는 몇 바퀴를 돌아 대답할 만한 위치에 있는 직원에게로 이어졌다.

「마지막 사형 집행을 한 지도 이제 10년이 넘었으니 뭐 잘 대답할 수 있을지 모르겠네요. 그런데 구체적으로 뭘 묻는 겁니까?」

「사람이 목 졸려 죽을 때의 모습은 어떤 거죠? 발버둥을 칩니까? 아니면 조용히 소리 없이 죽습니까?」

「목 졸려 죽는 모습? 그런데 왜 그런 걸 묻지요?」

십여 회 사형을 집행했다는 나이 든 교도관의 목소리는 도대체 이해할 수 없다는 투였다.

「수사상 필요해서 그렇습니다. 자살인지 타살인지 분명히 하려고요.」

「그런데 바깥에서 죽는 사람들하고 여기하고는 달라요. 여기서는 바깥하고는 달리 사람이 저항하거나 움직이거나 하질 못해요.」

「결박을 당했다고 해도 몸의 반응은 있을 것 아닙니까? 몸을 격렬히 움직인다든지 목을 돌린다든지 하는 식으로 말입니다.」

「여기는 눈동자만 빼놓고는 사지를 의자에 완전히 결박한 후 죽이니까 몸을 움직이려야 움직일 수도 없어요.」

「목은요?」

「목뼈를 먼저 부러뜨리니까 목이 안 돌아가지요.」

「네? 목을 먼저 부러뜨려요? 누가요?」

「아니, 사람이 부러뜨린다는 게 아니고, 마루판이 쾅 하고 빠지는 순간 사람이 지하실로 떨어지며 목에 걸어둔 올가미에 체중이 실려요. 일부러 무거운 의자를 쓰는데 그러면 바로 목이 빠지면서 뼈가 부러져요. 사람 목뼈라는 게 빠진 다음에 보면 아주 가늘고 약해요. 뼈가 부러졌으니 그 다음은 생각해봐요. 줄이 뼈도 없는 기도를 꽉 죄니 빨리 죽지요. 인생은 사람을 서서히 잔인하게 죽이지만 대한민국 정부는 빨리 죽여줘요.」

목 반장은 도대체 이 사람이 인간이란 사형당해 죽는 게 낫다고 말하는 건가 따져 묻고 싶었지만 꾹 참고 다시 물어보았다.

「목이 졸려 죽는 사람을 많이 본 경험으로 목뼈가 부러지지 않고 결박도 안 당했다면 사람이 죽는 바로 그 순간 손을 뻗어 줄을 풀려고 몸부림칠까요? 아니면 조용히 죽을 수 있을까요?」

「결박을 안 당했다면 목이 졸려오는데 조용히 죽을 사람이 누가 있겠어요?」

「타살이라면 100퍼센트 목에 손자국이 남는다는 얘긴가요?」

「그건 자살 타살의 문제가 아니에요. 자살이든 타살이든 완전히, 그야말로 완전히 결박하지 않으면 목에 손자국은 남아요. 장정 열 명이 여자 한 사람을 잡아도 목 졸라 죽이면 자국은 남는다는 말입니다.」

전문가라면 전문가일 수도 있는 사형집행인은 자살이든 타살이든 목 졸려 죽는 사람의 목에 자국이 안 남을 수는 없다고 확언했다. 목 반장은 전화를 끊고 생각에 잠겼다. 집행인 말대로 문제는 자살인지 타살인지가 아니었다. 어째서 죽은 여자는 목에 손톱자국 하나 남기지 않았을까.

피살자의 친구

목 반장은 형사과 사무실 내에서는 여교수 사건을 포기한 듯 행동했다. 하지만 실제로는 그 사건을 혼자 더욱 깊이 파고들기로 마음먹고 있었다.

그는 타살의 흔적이 없다는 시각을 받아들이지 않는 건 아니었지만, 그렇다고 해서 무조건 자살로 결정짓는 건 올바르지 않다고 생각했다. 그러자 자연히 수사의 정석대로 자살의 동기를 찾는 일에 집중하게 되었다.

수사에서 꼬리에 현혹되지 않고 몸통을 보는 방법은 바로 동기를 찾아내는 일이었다.

여자의 집안은 꽤 화려하고 다들 직업적 성취가 높았다. 금전이나 치정 등의 문제도 없었고 여자는 혼자서 조용히 공부와 과학기술 분야의 연구에 열중하고 있는 사람이었다. 목 반장은 이 여자에게는 그런 문제가 너무나 없는 게 문제일 거라고 생각하며 여자의 학교를 찾아갔다.

동료 교수들은 이미 김미진 교수의 죽음을 듣고 있었지만 그 정확한 이유는 잘 모르고 있던 터라, 목 반장이 찾아오자 다들 모여들었다. 목 반장은 괜한 소란을 일으키고 싶지 않아 김미진 교수의 사인을 자살이라고 설명했다.

「자살? 그분이 왜 자살해요?」

「지금 동기를 찾고 있는 중입니다.」

「그럴 리가 없어요. 너무나 안정돼 있는 분이에요. 자살이란 건 말이 되지 않아요.」

「혹시 학교에서 무슨 트러블이 있었다거나 머리 아픈 일이 있지는 않았을까요? 혹은 아주 수치스런 일이라거나……?」

교수들은 모두 고개를 저었다.

「너무나 거리가 먼 얘기입니다. 경찰이 판단을 제대로 하고 있기나 한 겁니까?」

「자살이 아니라고 생각하십니까? 그럼 타살의 동기는 있나요?」

「그것도 없어요. 약간의 강의를 하는 외에는 오로지 연구에 푹 빠져 계시던 분인데 무슨 타살의 동기가 있겠어요?」

「하지만 그분은 죽었습니다. 자살 아니면 타살인데, 둘 다 동기가 없다는 건 이상하지 않습니까?」

「글쎄, 우리는 그분이 돌아가셨다는 사실 자체를 믿지 못하겠어요.」

교수들의 반응은 한결같았다.

「어쩌면 김미진 교수의 독창적인 아이디어 같은 것이 범행의 동기가 되거나 하지는 않았을까요?」

「자살이라면서요?」

「만약 자살이 아니라고 한다면 말입니다.」

「김 교수가 최근 태양광 발전에 관한 기발한 연구를 하곤 있었지만 아이디어를 훔치기 위해 사람을 죽인다는 게 우리 현실에 있겠어요? 외국의 거대 회사라면 모를까.」

「외국 회사? 혹시 김 교수가 외국의 기업체 직원을 만나거나 하지는 않았나요?」

「아, 과학자들이야 거의 모두 외국의 연구소나 기업과 관계를 갖고 있지요. 최근 외국의 어느 태양광 연구소에서 한 젊은 사람이 찾아온 적이 있다는 것 같던데.」

「어느 연구소 누군지는 모르세요?」

「자세한 얘기는 안 했어요. 식사 자리에서 김미진 교수가 그냥 지나가는 말로 한 얘기였거든요. 그런데 반장님이 너무 예민한 거 아니에요? 아이디어를 노린 외국 연구소의 살인이라고 생각하는 건 어딘지 너무 영화적이에요.」

교수들은 모두 고개를 저었다. 목 반장은 교수들에게 고개를 숙인 다음 김미진 교수의 집으로 갔다.

김미진 교수의 집에는 연락을 받은 어머니와 언니가 와 있었다. 어머니는 딸이 자살했다는 사실을 믿지 못하면서도 타살의 가능성은 아예 생각조차 하지 않고 있었다.

「자살의 동기가 뭔지 알아보려는 겁니다.」

가족들도 그게 못내 궁금한 모양이었다.

「애를 혼자 두는 게 아니었는데…….」

어머니는 오열하면서 각종 서신과 서류, 수첩, 노트북 등을 있는 대로 내주었지만 기대를 머금고 경찰서로 가져와 풀어본 보따리와 컴퓨터에 특별한 건 없었다. 서신은 유학 시절 가족이나 친구와 교환한 것들이 대부분이라 범죄와 연결시킬 만한 것이 없었고, 수첩에는 주로 교수들과 학자들의 전화번호를 비롯하여 학교 일과 관련된 메모가 기록되어 있었다.

목 반장은 김미진 교수의 최근 스케줄 표를 살폈지만 역시 별반 기대할 게 없었다. 학교 말고 가는 곳이라고는 학회뿐이었다.

노트북에도 수식과 부호가 섞인 복잡하기 짝이 없는 갖가지 연구가 넘치고 있었지만 한결같이 목 반장이 이해할 수 없는 내용이었다.

학교 연구실에서 가져온 컴퓨터 역시 크게 다를 바 없는 내용이었다.

교수의 수첩이나 컴퓨터는 수사에 전혀 도움이 되지 않았다. 일반 범죄인이나 피해자의 것과는 아예 성질이 달랐다.

목 반장은 일단 직원에게 컴퓨터와 노트북을 학교와 집으로 돌려 보내도록 지시한 후 수첩 등은 직접 가족에게 넘겨주기로 작정하고 장례식장으로 전화를 걸었다. 그러자 남동생이 전화를 받았다.

「경찰인데 유품을 돌려드리겠습니다.」

「장례를 치르는 중이니까 누님 집에 갖다두세요.」

「번거롭게 해서 미안하지만 직접 드리고 확인을 받아야 합니다. 컴퓨터는 집과 학교에 원래대로 갖다 두었지만 수첩 같은 건 어머님께 넘겨받은 거니 직접 드려야 되거든요. 조문도 드릴 겸 병원으로 가겠습니다.」

목 반장은 구태여 영안실까지 갈 필요는 없었지만 수사관은 사건과 일체가 되어야 한다는 경찰대학 시절의 가르침을 떠올리자 일부러라도 병원에 가보고 싶었다.

김미진 교수의 영정에 절을 하고 동생에게 명함을 내밀자 동생이 따라 나와 유품을 받았다.

「저는 과학은 잘 모르지만 김미진 교수님은 대단한 연구를 하던 분 같았는데 참 안됐습니다.」

동생은 침울한 표정으로 고개를 끄덕이며 물었다.

「자살 동기가 있던가요?」

「찾지 못했습니다. 혹시 누나가 타살일 수도 있다고 생각해본 적은 없습니까?」

「남과 다투거나 원한을 살 분이 아니에요.」

동생은 별 반응 없이 영안실로 돌아갔다. 목 반장은 한동안 접객실 한구석에 앉아서 사람들이 찾아와 영정 앞에 고개를 숙이거나 꽃을 바치거나 향을 피우는 모습을 지켜보았다. 그 모든 건 일상적으로 일어나는 일이었다. 목 반장은 자신이 너무 예민했다는 생각이 들었다. 더불어 이 정도 했으면 최선을 다했다고 스스로를 위안했다.

이제 자신의 일상으로 돌아가야겠다고 생각하고 마음속으로 사건을 종결시킨 목 반장은 천천히 자리에서 일어나 발걸음을 뗐다.

순간, 말쑥하게 생긴 삼십대 초반의 젊은이가 급한 걸음으로 스쳐 지나갔다.

영안실에서는 대부분의 조문객들이 영정 앞에 서기 전 아는 사람을 찾거나 만나게 되어 있는데, 이 젊은이는 두리번거리지도 아는 사람을 찾으려고도 하지 않고 바로 영안실로 들어갔다.

목 반장은 무심결에 고개를 돌려 젊은이의 행동거지를 지켜봤다. 젊은이는 옷매무새를 바로 하고 영정 앞에 서서 침착한 손길로 향을 사르고는 무릎을 꿇고 깊이 고개를 숙였다. 절을 마친 그는 한동안 꿇어앉은 채로 눈을 감고 애도를 표했다.

그는 가족들과 가볍게 목례만을 나누고는 방명록에 간단하게 이름을 남긴 후 바로 현관으로 걸어 나갔다.

하얀 와이셔츠에 검정 양복을 유달리 깔끔하게 차려입은 젊은이가 아는 사람 하나 없이 문상만 마치고 나가자 목 반장은 미심쩍은 생각이 들었다. 잠시 후 뇌리에 김미진 교수의 동료가 말했던 외국 연구소의 젊은 직원이 떠올랐다.

목 반장은 젊은이를 천천히 뒤따라갔다. 그는 자신의 차가 있는 주차장에 이르자 윗도리를 벗어 뒷좌석에 놓고서는 운전석에 앉았다. 목 반장은 차가 출발하기 직전 다가가 손으로 발진을 막았다.

「실례합니다.」

상대방은 버튼을 눌러 유리창을 내렸다.

「왜 그러시죠?」

「좀 물어보고 싶은 것이 있습니다.」

「누구시죠?」

「저는 김미진 교수 자살 사건을 맡고 있는 담당 수사관입니다. 목진석 경위예요.」

상대방은 갑자기 이상한 생각이 드는지 예민한 눈길로 목 반장의 얼굴을 훑었다. 목 반장은 그가 굉장히 날카롭다고 생각했다. 젊고 말쑥하게 생겼지만 두뇌 회전은 보통이 아닐 것 같았다.

「경찰에서는 김미진 교수가 살해당했다고 보는가요?」

목 반장은 묘한 기분이 들었다. 이자에게는 분명히 남과 다른 무언가가 있는 것 같았다.

「저는 방금 자살 사건이라고 말했는데, 왜 그렇게 생각하죠?」

「거기서 그런 기분을 갖게 만드는데요.」

「신분증을 좀 보여주세요.」

젊은이는 별로 기분 나빠 하는 기색 없이 닳아빠진 여권을 꺼내 내밀었다.

「해외여행을 많이 하시는 모양이군요. 혹시 외국에서 일합니까?」

「네.」

뭔가가 걸려들었을지 모른다는 생각에 목 반장의 조심스럽던 목소리에 저절로 힘이 실렸다.

「뭐하는 분이시죠?」

「에너지 연구를 하고 있습니다.」

목 반장은 뭔가 하나 둘씩 맞아 들어간다고 생각했다.

「무슨 에너지 연구를 합니까?」

「설명하기가 그리 쉽지 않습니다.」

「대략이라도 해보세요.」

「플라즈마 제어 방면이에요.」

「그게 태양광 발전과는 무슨 관계입니까?」

「태양광 발전? 원리는 같아요. 그런데 대단하군요.」

「뭐가 말입니까?」

「상당한 수준의 대학원생들도 바로 그렇게 연관짓는 게 쉽지 않은데 수사관이 그런 걸 바로 아니 말입니다.」

목 반장은 상대방이 태양광 발전과 연관이 있는 연구소의 직원이라는 사실을 확인하고는 힘 있는 손길로 여권의 페이지를 한 장 한 장 넘겼다.

「이정서라…… 어느 나라 연구소에서 일하고 있어요?」

「본부는 프랑스 파리에 있어요.」

「한국에는 언제 들어왔어요?」

「한 달가량 됐습니다.」

「나흘 전 밤부터 다음날 오전까지 뭐했는지 설명할 수 있어요?」

「이거 참…… 나를 범인으로 보고 있나 본데 난 그런 사람 아닙니다.」

「묻는 말에만 대답해요.」

목 반장은 위압적으로 추궁하며 차 앞을 돌아 문을 열고 조수석에 앉았다. 정서는 옆자리에 털썩 앉는 목 반장을 보고 무표정하게 대답했다. 아직 조문의 슬픔이 그대로인 채였다.

「그저께 오전엔 국회의장을 예방했습니다.」

너무나 뜻밖의 소리에 목 반장은 주춤했다.

「국회의장이요?」

「그래요」

「무슨 일로요?」

「문자 그대로 예방이에요. 의장님이 초청하신 겁니다.」

목 반장은 잠시 슬픔에 잠겨 있는 이 젊은이를 쏘아봤다. 새파랗게 젊은 나이에 국회의장을 예방했다느니 하는 게 어딘지 건방져 보이면서 한편으로는 아니꼽다는 생각이 들었다.

「그 전날 저녁에는 뭘 했어요?」

「청와대에서 대통령이 베푼 만찬에 참석했습니다.」

「뭐요? 당신, 일개 외국 연구소 직원이 대통령이다 국회의장이다 하는 분들을 그렇게 마구 주워섬겨도 되는 거요?」

「하여튼 사실이에요.」

목 반장은 침착한 상대의 모습을 지켜보는 사이 어쩌면 이 사람은 자신이 이제껏 봐오던 또래의 사람들과는 전혀 다른 세계에 사는지도 모른다는 생각이 들었다.

「대통령께선 무슨 일로 초대를 하셨어요?」

「플라즈마 제어가 성공했기 때문에 격려차 부르신 겁니다.」

「플라즈마 제어요? 그게 뭐죠?」

「저는 ETER에서 일하고 있습니다. ETER라는 건 핵융합 원자로 제작 및 실험을 하고 있는 국제 단체입니다.」

「핵융합 원자로라는 것은 뭐죠?」

「미래 에너지를 연구하는 거죠. 이 핵융합 발전소 하나면 보통의 핵발전소 2천 개 정도에 해당하는 전기를 생산합니다. 그것도 우라늄 같은 방사능 물질을 쓰지 않고 소량의 물을 쓰기 때문에 오염도 없고 원료 걱정을 할 필요도 없습니다.」

「아! 그런 어마어마한 발전소를 만드는 연구소가 있습니까?」

「한 연구소에서 만드는 게 아니고 독일, 프랑스, 영국 등 유럽 3개국과 미국, 일본 그리고 중국, 우리나라 이렇게 정부끼리 모여서 공동으로 연구와 제작을 하고 있습니다.」

「아! 우리나라도 끼었어요? 그 세계 초강대국 사이에 말입니까?

「네.」

목 반장은 괜히 자신의 어깨가 으쓱해지는 기분을 느끼며 캐물었다.

「정말 자랑스럽고 훌륭한 일이군요. 그럼 우리나라는 거기서 어떤 역할을 합니까? 설마 잔심부름을 하는 건 아니겠죠?」

「핵융합 중에서도 가장 핵심 기술인 원자로의 설계와 제작을 우리나라가 맡고 있습니다.」

「원자로의 설계와 제작이라면 과연 가장 중심적인 역할 같군요. 그런데 우리나라가 그걸 해낼 수 있습니까?」

「이미 일차 실험은 성공했어요.」

「벌써 성공했다고요?」

「네.」

「그럼 박사님은 거기서 무슨 일을 하십니까?」

어느새 정서를 대하는 목 반장의 말투가 달라졌다.

「수백만 도의 뜨거운 열은 용기에 담아 가두거나 움직일 수 없습니다. 어떤 특수한 재료로 용기를 만들어도 녹아내리지 않을 수 없어요. 그런 열이나 에너지를 마음대로 조종하려면 자기장을 이용해야만 하는데, 저는 초강력 자기를 발생시켜 그 원자로 안에서 고온 플라즈마를 제어하는 분야를 맡고 있습니다.」

「친절하게 말씀해주셨지만 제가 완전히 이해할 수는 없군요. 하여튼 어마어마한 일을 하고 계시다는 것은 알겠습니다. 정말 마음속 깊은 곳에서부터 존경심이 우러나는군요. 그런데 그 실험이 성공했다는 얘기군요.」

「네, 원래 2015년까지 완성하면 되는데 우리는 초강력 유도자기를 발생시켜 융합로 안에서 100만분의 7초 동안 고온 플라즈마를 제어하는 데 성공한 겁니다. 여기까지 오는 데만 8천억 원을 들였어요. 앞으로의 과제는 그 시간을 늘리는 일입니다.」

「그래서 대통령께서 만찬을 베푼 거군요.」

정서는 고개를 끄덕였다. 목 반장은 얼른 정서에게 여권을 돌려주며 깊이 고개를 숙였다.

「이제 보니 우리나라의 영웅께 제가 얼마나 큰 실수를 했는지 모르겠습니다. 금메달 수백 개를 따는 것보다 더 중요한 일을 하신 분께 말입니다.」

「모든 분야가 다 중요하지요. 무얼 하든 그 크기는 다 같을 겁니다. 그런데 김미진 교수의 죽음은 어떻게 된 겁니까?」

「솔직히 말씀드리면 어느 쪽인지 모르겠습니다. 부검의와 다른 수사관들은 자살로 판정을 했지만 저는 자살로 보기에는 석연치 않은 점이 있다고 생각해 혼자 수사하고 있는 중입니다.」

「혼자서요?」

「별다른 증거가 없기 때문에 저는 김미진 교수님의 연구에 주목했던 겁니다. 혹시 외국의 연구소에서 김 교수님의 태양광 발전 아이디어를 훔쳐가려 살인을 저지르지 않았나 하는 생각도 들었어요. 좀 우스운 것 같지만 수사관이란 모든 가능성을 다 검토해야 하기 때문에요.」

「태양광 발전에 미진이의 독창적 아이디어가 있던가요?」

이정서는 무의식중에 김미진 교수의 이름을 친숙하게 불렀다.

「혹시 두 분이 어떤 관계인지 물어도 되겠습니까?」

「대학 시절 동아리 친구입니다. 유학도 같이 했고요. 그런데 뭡니까? 김 교수의 죽음에 범죄를 부를 만한 뭔가가 있던가요? 저도 자살이라는 말을 듣고 그럴 리가 없다고 생각했거든요.」

「자살의 동기도 타살의 동기도 없습니다. 그러니 죽을 맛입니다. 오죽하면 아이디어 살인이라는 영화 같은 생각을 했겠습니까? 동료들은 모두 자살이라며 면박을 주고 있고 말이죠. 그래서 사실 아까 마음속으로 수사를 종결지었습니다. 그랬지만 너무도 아쉽다는 생각이 들어 박사님을 쫓아나온 것 같습니다. 실례했습니다.」

「그런데 목 경위님은 어떤 점이 석연치 않은데요?」

목 반장은 자신의 생각을 설명했다. 목 반장의 얘기를 유심히 듣고 난 정서는 뜻밖의 제안을 했다.

「현장에 같이 가볼 수 있을까요?」

「왜요?」

「그냥 한번 보고 싶군요.」

목 반장은 내심 잘됐다고 생각했다. 잘하면 이 사람에게 피살자의 컴퓨터를 조사해달라고 부탁할 수 있을지도 모른다는 생각이 들었다. 컴퓨터까지 조사해본다면 자신은 그야말로 수사관이 할 수 있는 모든 걸 다 한 셈이 된다.

자동차가 출발하자 목 반장은 명륜지구대의 순경에게 전화를 걸어 열쇠를 가지고 나오도록 하고는 정서에게 물었다.

「그런데 과학자의 연구 내용을 살해 동기로 의심해보는 게 미친 짓은 아닐까요?」

「어떤 연구인지 봐야 판단을 할 수 있겠군요.」

「혹시 그 집 컴퓨터에 있는 김미진 교수님의 파일을 한번 봐주실 수 있습니까?」

「법적 문제가 없나요?」

「가족의 허락과 협조를 받아두었으니 문제는 없습니다.」

「한번 보죠.」

목 반장은 갑자기 천군만마를 얻은 것 같았다. 척 보기에도 무척 영리해 보이는 이 사람은 한번 휙 훑어보기만 해도 한눈에 모든 걸 다 파악할 것 같았다. 기분이 좋아 뭔가를 물어보려고 운전에 열중인 그를 슬쩍 쳐다보다 목반장은 그만 입을 다물고 말았다. 그의 눈은 금방이라도 눈물이 흘러내릴 듯 슬픔에 잠겨 있었다. 친구의 죽음에 대해 생각하고 있는 모양이었다. 목 반장은 마치 봐선 안 될 것을 본 것 같아 창밖으로 고개를 돌렸다.

사서삼경

「자살로 보기는 어렵군요.」

좀 전에 차 안에서 보이던 모습은 어디로 사라졌는지 그는 침착하게 말했다. 목 반장은 이 젊은 과학자가 너무 성급한 결론을 내리는 게 아닌가 하는 생각이 들었다.

「어떻게 바로 그렇게 단정할 수 있단 말입니까?」

「미진이가 자살을 했다면 그 순간 생각이 많았겠지요. 혼자 사는 만치 가족에게 화가 나 갑자기 목을 매는 경우도 아니었을 테고요. 세심하게 이것저것 다 생각했을 겁니다. 그런 점을 고려한다면 저런 빨간 비닐 노끈은 미진이가 목을 매기 위해 선택할 도구가 아닙니다.」

「목매는 데 도구가 따로 있나요?」

「사전에 준비한 자살이라면 비닐 노끈 대신 스카프 같은 부드러운 걸 쓰겠죠. 이 빨간 비닐 끈은 자신의 집에서 자살하는 여자가 쓰고 싶은 도구가 아니에요.」

「이것저것 생각할 여유가 없이 목을 맬 경우도 있지 않을까요? 아무 끈이든 상관하지 않고 목을 매고 싶은.」

「미진이는 대학의 여교수예요. 아무리 힘든 일이 있어도 몇 번 거를 겁니다. 여교수란 오히려 남자 교수보다 더 강할 수도 있어요. 대학에는 밖에서 보이지 않는 매우 치열한 경쟁이 있어요. 온실의 여자와는 다르지요.」

이정서의 말에는 수긍이 가는 부분도 있었다. 급하게 목을 매는 경우가 아니라면 여자가 자신의 집에서 목을 맬 때 빨간 비닐 끈을 쓰기보다는 스카프 같은 걸 사용하리라는 추측은 받아들일 만했다. 더군다나 노끈은 새로 잘린 것이었다. 노끈을 잘라 준비할 바에는 스카프를 꺼내는 게 더 쉬울 터였다.

목 반장은 안방으로 가 옷장 문을 열어보았다. 여느 여자들처럼 김미진 교수의 옷장에도 몇 개의 스카프가 걸려 있었다. 목 반장은 서재로 돌아가 약간 고조된 음성으로 물었다.

「그럼 박사님은 이게 자살이 아닌 타살이라는 겁니까?」

「내가 보기에는 그렇습니다.」

「그러나 타살의 흔적은 티끌만큼도 없는데요. 목도 아주 깨끗했어요. 범인의 것이든 피살자의 것이든 손톱자국 하나 없었으니까요.」

「정신을 잃은 채 올가미에 목이 걸렸겠지요.」

「자살하기 위해 목을 건 다음 차차 정신을 잃었던 게 아니고요?」

「아닐 겁니다. 환각에 빠지지 않은 이상 사람이 그냥 목이 졸리는 걸 받아들일 수는 없어요.」

「쾌락을 위해 끈에 목을 걸었다 정신을 잃고 죽는 사고사도 있다고 합니다. 마치 본드 중독자처럼. 혹시 그런 데 해당되는 건 아니겠죠?

「그런 거라면 더더욱 부드러운 스카프를 썼겠죠.」

이정서는 이래도 되나 싶을 정도로 신속하고 단호하게 김미진 교수의 죽음을 타살로 판정했는데, 이제껏 타살을 주장하던 목 반장조차 오히려 당황스러울 정도였다.

「만약 김미진 교수가 누군가에 의해 정신을 잃은 상태에서 올가미에 걸린 거라면 도대체 상대방은 어떤 방법으로 김 교수의 정신을 잃게 만들었을까요?」

「독극물 검사에서는 아무것도 검출된 게 없었나요?」

「없었습니다.」

「전기침 자국은요?」

「전기침이요?」

「네, 전기총을 쏘면 침이 박히게 되니까요. 피부에 약간 탄 자국이 남습니다.」

「침이 박히거나 피부가 탄 자국은 없었습니다.」

정서는 잠시 생각에 잠겼다. 수면제든 각성제든 기타의 마약

류든 인간의 정신을 잃게 만드는 약은 부검을 하면 반드시 검출되게 되어 있고, 부검의가 이런 걸 못 잡아내는 실수를 할 확률은 거의 없었다. 느낌으로 보아서는 분명 타살인데 범인이 완벽하게 흔적을 없앴다는 생각이 들었다.

정서는 노끈을 세심하게 살피더니 몇 번 손으로 매듭을 묶는 시늉을 해보였다.

「음, 여기 또 하나 있군요. 실행자의 흔적이.」

「네?」

「이 매듭을 보세요. 보통 사람의 매듭과 달라요. 범인은 남들과 다른 특징을 가졌지만 조심하지 않았어요. 범인의 성격도 나오는군요. 이런 사소한 건 아예 생각도 하지 않는 사람이라는 얘기지요.」

「무슨 말씀이신지?」

「미진이가 이런 매듭을 쓰는 걸 본 적이 없어요. 안방으로 가봅시다.」

정서는 목 반장과 같이 안방으로 가더니 옷장을 열고 서랍을 뒤지기 시작했다.

「여기 있군요.」

정서가 집어든 건 꽉 조여져 묶인 옷 꾸러미였다.

「여기도 있어요.」

정서는 이번에는 다른 꾸러미를 집어 들었다.

「이게 뭐죠?」

「이 매듭을 보세요. 매듭이 처음 졸라 묶은 방향으로 같이 묶여 있어요. 즉, 같은 동작을 두 번 반복하면 이렇게 되지요. 두 꾸러미 다 같은 모양으로 묶여 있어요.」

정서는 꾸러미를 들고 서재로 왔다.

「이제 이 비닐 끈의 매듭을 보세요.」

목 반장은 비닐 끈의 매듭을 살폈다. 매듭은 처음 묶은 방향과 두 번째 묶은 방향이 서로 엇갈려 있었다.

「아!」

「이건 미진이가 묶은 게 아닙니다. 끈을 묶는 건 습관이기 때문에 무얼 묶더라도 변하지 않습니다.」

「아! 이것은 타살을 주장할 수 있는 아주 유력한 증거인데요.」

「범인은 산을 잘 타거나 배를 탔거나 어려서 외국에서 살았던 사람일 가능성이 있어요. 이렇게 엇갈려 묶는 건 이런 사람들의 습관입니다. 여자들 중에 이런 식으로 매듭을 묶는 사람은 백에 하나가 될까 말까일 겁니다.」

「저도 이런 식으로 매지는 않습니다.」

「어려서 익힌 습관이라 그래요. 한국 사람은 거의 같은 식이죠. 미진이도 마찬가지고요.」

「그런데 대단하십니다. 수사의 베테랑들도 그냥 넘겨버린 걸

어떻게 그렇게 찾아낼 수 있는 거죠?」

「관찰이 과학의 기본이니까요.」

「그런데 범행 동기는 무엇일까요? 그걸 알면 검거가 더 쉬울 텐데요.」

「글쎄. 현장만 한 번 보고 동기를 알 수는 없겠지요.」

그렇게 말하는 정서의 눈은 끈이 묶인 책장의 책꽂이에 머물러 있었다.

〈논어〉, 〈맹자〉, 〈중용〉, 〈대학〉, 〈서경〉, 〈역경〉.

공교롭게도 끈은 사서삼경을 가지런히 꽂아놓은 칸에 걸려 있었다.

「다른 책들은 제가 보기에도 대부분 수학 물리학 관련 책들 같은데 저것만 유독 중국 고전이네요. 물리학 교수님이 사서삼경이라니…….」

목 반장이 정서의 눈길을 따라잡고는 말했다. 정서의 예민한 눈에는 사실 처음부터 왠지 그 전집이 거슬렸다. 거기에 끈이 묶여 있어서나, 목 반장의 말처럼 물리학을 전공하는 미진의 책장에 사서삼경이 도드라져 보여서는 아니었다. 그것이 불안정해 보였던 것은 바로 사서삼경 중 한 권이 빠져 있었기 때문이었다. 〈시경〉, 공자가 가장 즐겨 읽고 아꼈다는 〈시경〉만이 거기에서 빠져 있었던 것이다. 그 자리에 그것만 유독 빠져나와 다른 곳에 있다는 것은 〈시경〉이 손을 탔다는 이야기인데, 그렇다면 미진은 공자처럼 〈시경〉을 즐겨 보았다는 뜻인가? 친구의 죽음 앞이라 작은 것에도 예민해 있는 정서는 시선을 책상 쪽으로 옮겨갔다. 목 반장이 이 틈을 놓치지 않고 채근했다.

「박사님, 아까 부탁드렸던 대로 김미진 교수가 연구하던 것들을 한번 들여다보는 게 어떨까요? 워낙 동기가 나오지 않아 연구 내용밖에는 포인트가 없네요.」

정서 역시 같은 생각을 하고 있던 참이라 책상에 앉아 노트북을 켰다. 목 반장으로부터 패스워드를 받아 파일들을 살피던 정서는 고개를 갸웃거렸다. 목 반장은 정서가 고개를 가로젓자 몸이 달았다.

「뭔가 나오는 게 있습니까?」

「최근 연구하던 건 태양광 같은 게 아닌데요.」

정서의 눈길은 천체도가 가득 차지하고 있는 화면을 천천히 더듬다 파일의 제목으로 옮겨갔다.

– 역사 기록의 천문학적 진실

「무슨 연구일까요?」

목 반장은 곁에서 한참 지켜보다 특별한 이미지가 떠오르지 않는지 고개를 갸웃거리며 물었다.

「글쎄요. 어떤 천문현상을 시뮬레이션으로 재현하는 것 같은데.」

「천문현상이요? 참, 그러고 보니 생각나는 게 있습니다. 비교적 이메일을 자주 주고받는 사람이 있어 열어보니 거기에 별자리가 어떻고 개기일식이 어떻고 하던데요.」

「그렇다면 천문 연구를 같이 하던 과학자군요.」

「네. 신원을 따보니 그 사람도 대학의 교수였어요.」

「남자인가요?」

「아니, 여자예요. 여자라 범행과 관련되었을 가능성은 거의 없어 보이지만 그래도 이메일 교환도 자주 했으니 한번 만나보아야 하겠습니다. 범죄란 어쨌든 같이 어울리는 사람들 사이에서 생기기 쉬운 법이니까요.」

「이 노트북은 보관해두는 게 낫겠습니다.」

한은원

며칠 뒤 정서는 연구실에서 창밖을 바라보며 미진의 모습을 떠올리고 있었다. 언젠가 제주도에서 열린 한 세미나에서 중성미자에 관한 상당히 수준 높은 내용을 자신 있게 발표하던 모습과 숙소 뒤편의 숲속 길을 걸으면서 이름 모를 꽃을 발견하고는 소녀처럼 소리 지르던 모습이 겹쳐졌다.

그런 그녀가 죽임을 당했다는 사실이 믿어지지 않았다. 자살을 위장했지만 자신이 보기에는 분명 타살이었다. 그러나 타살당해야 할 이유는 짐작조차 할 수 없었다. 경찰을 믿을 수도 없는 게, 반장 한 사람이 혼자 상부의 눈치를 보며 틈틈이 수사를 해서는 범인을 잡기는커녕 살해의 이유조차 알아내지 못할 것 같았다.

갈등을 겪던 정서는 결국 진실 규명을 위해서는 자신이 뭔가를 해야 한다는 결론을 내리고 목 반장에게서 받은 명함의 번호를 눌렀다.

「반장님, 수사는 진전이 있습니까?」

「아, 박사님. 죄송합니다. 아시다시피 혼자 하는 수사라 애로가 많습니다.」

「상부를 설득할 수는 없던가요?」

「수사에서는 부검 결과가 가장 중요합니다. 검사가 참여한 부검 결과에서 자살로 나왔으니 상부에서는 꿈쩍도 않는군요. 자살하려면 스카프를 썼을 거라든지 매듭이 다른 방식이라든지 하는 얘기를 했더니 차라리 휴가 내고 집에서 소설이나 쓰라고 하는군요.」

「음!」

「제가 보기에 이 사건은 경찰이 해결할 수 있는 게 아닙니다. 연구 내용이 문제라 하더라도 경찰 내에는 그 연구가 뭔지 알아볼 수 있는 지식이 있는 사람도 없으니까요.」

「그럼 제가 한번 진지하게 검토해볼까요? 그 연구 내용을 중심으로.」

「그래 주시면 고맙기 한량없지만 워낙 중요한 분이라 괜히 시간을 낭비하실까봐.」

「현장을 확인하고 이대로 그냥 있을 수는 없어요. 더구나 제 친구인걸요.」

「참, 그리고 그 연구를 같이 하던 교수 말입니다. 이메일 교환이 잦던.」

「네.」

「그 사람은 한은원이라는 여자인데 나이가 김미진 교수와 같더군요. 그런데 과학자가 아니라 역사 교수예요.」

한은원이라는 이름이 정서의 뇌리를 때렸다.

「한은원, 그 사람 혹시 세명대학교 교수던가요?」

「네. 어떻게 아십니까? 아는 분인가요?」

「그 사람을 만나보셨습니까?」

「아니, 지금 중국에 가 있습니다.」

「중국? 언제 출국했습니까?」

「8월 1일에 나갔어요. 그러니까 약 40일 전이군요. 그걸로 봐서 이분은 이번 사건과는 아무런 관계가 없습니다. 사건이 일어났는지도 모르고 있겠지요.」

그러고 보니 은원을 잊고 있었다. 미진과 은원은 혈육만큼이나 가까운 사이였다. 고등학교 동창인 두 사람은 전공이 다른데도 불구하고 늘 같이 붙어 다녔다. 미진과 같은 동아리에 있었던 정서는 미진의 소개로 은원을 만났었다. 정서는 은원과 함께했던 기억을 떠올렸다. 벚꽃이 화사한 캠퍼스를 걸어 나오던 일, 유학 중 로스앤젤레스로 미진을 찾아온 은원과 함께 셋이서 퍼시픽 코스트 하이웨이를 따라 샌디에이고로 드라이브하던 일, 태평양을 굽어보며 해산물 샐러드를 먹던 기억 들이 주마등처럼 스쳐갔다.

정서는 서서히 추억을 접으며 전화기에서 흘러나오는 목 반장의 목소리에 귀를 기울였다.

「결국 이메일에 기대를 걸었던 것도 무산된 거죠.」

목 반장의 단정에도 불구하고 정서의 머릿속에서는 미진의 노트북 속에 있던 천체도가 뱅뱅 돌았다. 통상적인 연구가 아닌 것이다. 비록 절친한 친구 사이지만 과학과 역사로 전공이 다른 두 사람이 무슨 연구를 같이 했을까. 분명 흔치않은 연구일 것이었다. 정서는 파일 제목을 떠올렸다. 그냥 무시하면 별것 아닐 수도 있겠지만, 한편으로 생각하면 제목 그 자체로 위험을 품고 있을 수도 있다는 생각이 들었다.

「반장님. 파일 제목에 기록과 진실이라는 단어가 들어간 걸 유의할 필요가 있겠어요. 어딘지 범죄를 불러올 수도 있을 것 같은 제목인데요.」

「네? 제목이요? 어째서요?」

「기록이란 누군가의 필요에 의해 종종 왜곡되는 경우가 있지 않습니까?」

「네.」

「그런데 진실이란 말은 거짓을 파헤친다는 뜻 아닙니까?」

「그렇지요.」

「이 두 사람은 누군가의 거짓을 파헤치는 작업을 했다고 볼 수도 있겠어요. 그게 위험을 초래했는지도 모르지요.」

「하지만 너무 모호한데요.」

「네, 그래서 좀 깊이 조사를 해야겠다는 생각이 드네요. 일단은 두 사람의 연구가 뭔지 확실히 알아볼 필요가 있겠어요. 그 노트북을 제가 좀 찬찬히 볼 수 있을까요.」

「물론입니다.」

「그리고 저와 같이 한은원 교수의 가족을 한번 찾아가보시죠. 평창동에 언니가 있다고 알고 있어요.」

「네. 알겠습니다.」

한은원 교수의 언니는 정서를 보곤 크게 놀라며 반가워했다. 그러나 반가움도 잠시, 함께 온 형사로부터 김미진 교수의 소식을 접하곤 놀란 입을 다물지 못했다.

「세상에…… 미진이가 죽어요? 아니, 왜요?」

목 반장이 대답했다.

「여러 가지 각도로 조사하고 있습니다. 그런데 혹시 동생분이 김미진 교수와 어떤 연구를 같이 했다는 이야긴 들어보지 못하셨나요?」

「아니, 몰라요. 걔들은 전공이 다른데 뭘 같이 연구해요? 혹시 나쁜 단체 같은 데 같이 들어갔나요? 아니, 그럴 아이들이 아닌데. 걔들이야말로 진짜 모범생들이에요.」

「네, 압니다. 최근 두 분 사이에 무슨 특별한 점은 없었나요? 무언가에 쫓기는 것 같다거나 낯선 사람을 자주 만난다거나 하는?」

「같이 살지 않아 자세히는 몰라도 그런 일은 없었어요. 은원이가 미진이의 죽음과 무슨 관련이 있나요?」

언니는 목 반장이 두 사람을 한 두름에 놓고 묻자 차츰 겁에 질리기 시작했다.

「아니, 절대 그런 건 아닙니다. 그냥 김미진 교수의 주변을 살피는 차원이에요.」

이번에는 정서가 물었다.

「은원 씨는 중국에 상당히 오래 가 있군요. 벌써 40일이 지난 것 같은데요. 자주 중국에 갑니까?」

「네. 걔는 방학이 되면 자주 중국으로 건너가요. 한국 역사는 중국에서 찾을 수밖에 없다고 그러면서요.」

「학교가 개강한 지 한참 됐을 텐데 책임감 강한 은원 씨가 아직 안 오고 있다는 건 좀 이상한데요. 전화 통화는 자주 하세요?」

「아니요. 별 연락이 없어 그냥 잘 있겠거니 하고 있었는데……. 그런데 벌써 개강을 했어요? 참, 그렇겠네요. 지금이 9월이니. 그러면 얘가 왜 안 올까? 혹시 무슨 일이라도 있는 건 아니겠죠, 정서 씨?」

「별일이야 있겠습니까? 그런데 연락처는 알고 계세요?」

「전화번호는 몰라요. 걔가 전화를 걸어오면 그때 통화하니까요. 가 있는 곳은 중국의 성도대학교라고 했어요. 거기 시에허 교수라는 분과 뭘 같이 한다고 했는데.」

「알겠습니다.」

「정서 씨, 은원이에게 연락을 꼭 좀 취해주세요. 많이 반가워 할 텐데.」

「그러겠습니다.」

정서는 은원을 찾아 같이 한번 놀러 오겠다는 말을 남기고 목 반장과 함께 그곳을 나왔다.

정서는 이 사건은 세 갈래로 나누어 조사해야 한다고 생각했다. 우선 살인자가 어떤 살해 수단을 썼는지 밝히는 일이었다. 다음으로는 미진과 은원이 어떤 연구를 공동으로 진행하고 있었는지를 알아내는 일이었다. 마지막으로는 중국에 있는 은원과 연락을 취하는 일이었다.

정서는 문득 이 사건이 두 사람의 연구와 관련이 있다면 은원의 안전 역시 보장할 수 없다는 데 생각이 미치자 바짝 긴장되기 시작했다.

살해 수법

「범인이 사용했을 법한 수법을 찾아냈어요.」

목 반장은 노트북을 가지고 정서의 연구실에 들렀다가 정서의 얘기를 듣는 순간 귀가 확 뚫리는 것 같았다.

「네? 그게 정말입니까?」

「NASA 프로그램 중에 그런 게 있어요. 그들은 어떻게 하면 사람을 동면시키나, 깊은 무의식의 단계에 빠뜨리나, 아니면 의식은 있지만 온몸을 마비시키나 이런 걸 깊이 연구해왔거든요.」

「어떤 방법을 쓴 겁니까?」

「테트로도톡신을 사용한 겁니다. 여기에 닿으면 사람의 의식은 멀쩡하지만 몸이 순간적으로 마비가 되지요. 먹이거나 주사할 필요도 없어요. 몸에 약간 닿기만 해도 쉽게 중독이 돼요.」

「테트로도톡신? 그건 독극물 검사에 안 나오나요?」

「먹이거나 주사를 놓지 않으니 독극물 검사에 나오지 않아요. 피부에 뿌리면 되는데 피부를 상하게 하지도 않는답니다.

몸이 마비된 후 닦아주기만 하면 아무도 그런 물질이 쓰였다는 걸 눈치 채지 못해요. 게다가 소량만 사용해도 효과가 강력하기 때문에 닦아내기도 쉽고요.」

「그런 게 다 있다니 놀라운 일이군요. 그런데 누가 그런 엄청난 물질을 사용했을까요? 만약 그런 물질만 있다면 누구라도 김 교수를 죽이는 건 식은 죽 먹기였을 겁니다. 가루를 뿌린 후 마비된 사람을 주저앉혀 놓고 올가미를 만들어 목에 줄을 걸고 조금 당기기만 하면 되었을 테니까요. 그렇지만 보통 사람이 그런 엄청난 물질을 구한다는 건 상상할 수도 없는 일 아닌가요? NASA에서 고심 끝에 개발한 걸 보통 사람에게 나누어줬을 리는 없구요?」

정서는 대답 없이 웃으며 NASA에서 내려받은 걸로 보이는 한 장의 종이를 내밀었다.

「어! 이게 웬 고기입니까?」

종이에는 목 반장이 알아볼 수 없는 영어 문장과 함께 물고기 한 마리가 그려져 있었다. 물고기는 여느 생선과는 달리 불룩한 배를 쑥 내밀고 있었다.

「혹시 복어입니까?」

「네, 맞아요. 복어 독의 학명이 바로 테트로도톡신입니다.」

「아!」

「이 독을 조제하는 방법만 알면 민간에서도 쓰인답니다. 아이티의 기독교 엑소시스트들이 퇴마의식을 거행할 때 악마의 저주가 깃든 사람의 몸에 바른다는군요.」

「넷? 퇴마사는 왜 그런 걸 쓰지요?」

「악마의 저주를 받은 사람은 보통 사람과는 비교도 되지 않는 힘을 내는데다 자신을 자해하기도 하기 때문에 퇴마 의식을 시작하기 전에 먼저 복독을 방바닥에 뿌려 사람을 마비시킨다는군요.」

「그런데 NASA에서 왜 이런 독에 대한 연구를 했을까요?」

「사람은 오랜 시간의 우주여행을 견디기 어렵습니다. 우울증 협심증 등을 비롯해 근육기능 저하와 오랜 시간의 무료함으로 인해 극복하기 힘든 스트레스를 받지요. 사실 긴 외계탐사의 가장 큰 적은 인간입니다. 따라서 인간을 오랜 시간 잠을 재우는 게 가장 좋지요. 에너지도 거의 쓰지 않고 지루함도 없애니까요.」

「그렇군요. 그 좁은 공간에서 끝없이 우주공간 속을 흘러가는 건 괴로운 일이겠지요.」

「NASA에서는 의식은 깨어 있는 채 깊은 가면상태에 들어가는 방법도 연구하고 있어요. 그래서 복독을 연구해요.」

「정말 살해 수단이 그랬다 하더라도 수사가 만만하진 않을 것 같습니다. 이전에는 전혀 없던 방법이었으니 어디서부터 수사를 시작해야 할지…….」

목 반장이 난감한 표정을 지었다. 그러나 정서는 그런 것에 개의치 않고 단정하듯 말했다.

「일단 타살이라는 걸 확정지었다는 게 중요해요. 그래야 자신 있게 다음 단계로 들어가지요.」

「다음 단계란 뭐죠?」

「두 사람이 무슨 연구를 했던 건지 알아내는 겁니다.」

「여기 말씀하신 노트북을 가져왔습니다.」

정서는 먼저 미진과 은원 사이에 오고 간 메신저를 순차적으로 정리했다. 대화를 나누고 특별히 저장해둔 메신저는 가까운 친구 사이의 정다운 대화로 시작하고 있었지만 가끔 만만치 않은 내용을 다루고 있었다. 메신저 기록은 두 사람의 공동 연구가 어떻게 시작되었는지 보여주었다.

– 미진아, 과거에 일어난 개기일식도 과학으로 알 수 있니?
– 그럼, 미래에 언제 일어날지 예측하는 거나 똑같아. 모듈을 만들어 시뮬레이션을 시켜보면 되지. 아무리 오래전에 일어난 일식이라도 정확히 알 수 있어. 또 그 일식이 어디서 관측되었는지도.

이렇게 시작된 두 사람 간의 메신저는 얼마 후에는 상당히 구체적으로 발전되어 있었다.

– 산동 반도에서 백제 유물이 많이 출토돼.

– 그래? 그럼 이번엔 백제 위치를 알아보고 싶은 거구나. 좀 복잡하지만 내가 계산해줄게.

– 뭘 준비하면 돼?

– 같은 거야. 홍수니 유성이니 일식이니 하는 기록이지. 개기 일식 기록이 제일 좋아.

– 잘됐네. 〈삼국사기〉 백제 본기에 백제의 일식 기록이 몇 건 되거든.

– 그래, 그걸 보내줘.

정서는 처음부터 두 사람의 연구가 그리 만만한 것일 거라고는 생각지 않았지만 알고 보니 결과는 더욱 놀라웠다. 이 정도면 역사 연구에 아주 획기적 신기원을 만들어낼 수도 있을 것 같았다. 최근의 이메일들도 다양한 내용을 담고 있었지만 그 핵심은 역시 과학으로 역사를 검증하는 방법에 대한 의논이었다.

저장된 메신저와 이메일을 통해 최근 두 여자 교수가 공동으로 과거 한반도에 일어났던 일식 현상을 연구하고 있었다는 걸 알게 된 정서는 어째서 이런 연구가 위험을 불러올 수 있는지 생각해보았지만 특별히 떠오르는 게 없었다.

「이 일식 연구에 범행 동기가 있는 걸까요?」

「글쎄요.」

「도대체 일식 연구를 통해 뭐가 나올까요?」

「엄밀하게 얘기하자면 지금 노트북의 이 시뮬레이션들은 일식을 표시하는 게 아니에요. 두 사람이 처음에는 일식으로 출발했다 지금은 좀 더 심화된 연구를 하고 있는 거죠. 잘 보면 화성, 수성, 목성, 금성, 토성의 위치를 계산하고 있거든요.」

「파일 제목을 의심할 필요가 있다고 하셨지요? 이건 과학인데 이게 과거의 기록과 어떤 식으로 연관이 있을까요?」

「아마 한은원 교수에게 다섯 개 행성의 위치를 나타낸 어떤 과거의 기록이 있는 것 같아요. 그래서 그 기록이 맞는지 김미진 교수가 이런 시뮬레이션으로 검증하려던 것 같고요.」

「그러다 사고를 당했을까요?」

「지금 그렇게 보고 출발하는 겁니다.」

「정말 경찰이 수사할 수 있는 사건은 아니군요. 오면서 생각했지만 저는 일단 여기서 손을 떼는 게 낫겠습니다. 사건이 너무 모호하고 제 수준으로는 이해도 잘 안 되는데다, 무엇보다 상부에서 얼마나 모나게 보는지…….」

「그게 나을지 모르겠습니다. 지금부터는 한은원 교수 주변을 알아보아야 하겠는데 반장님과 같이 다니면 사람들이 불편해할지도 모르거든요.」

「그렇게 말씀해주시니 고맙습니다. 그럼 시킬 일이 있으면 언제라도 연락을 주십시오.」

「네.」

목 반장은 고개를 깊이 숙여 존경과 감사의 뜻을 표하고는 연구실을 나갔다.

다음날 정서는 은원의 학교를 찾아갔다. 정서는 과거 이 학교에 와본 적이 있었는데, 한 교수의 연구실은 언덕 위에 위치한 현대식 건물 5층에 있었다. 역시 은원의 연구실 문은 굳게 닫혀 있었다.

연구실 문 앞에 한참이나 서 있던 정서는 언젠가 은원으로부터 우연히 소개받았던 동료 교수를 떠올리고 그의 연구실로 발걸음을 옮겼다.

「아, 이정서 박사님.」

김영일 교수는 정서를 잘 기억하고 있었다.

「네. 잘 계셨어요?」

「학교 일이 늘 그렇지요.」

김영일 교수는 손수 차를 끓여 내온 다음 느닷없이 찾아온 정서의 기색을 살피며 물었다.

「내가 도움이 될 일이라도 있나요?」

「네, 한은원 교수에 대해 좀 물어보려고 왔습니다.」

김영일 교수는 어느 정도 예상은 했지만 막상 한은원이라는 이름이 정서의 입에서 튀어나오자 상당히 놀라는 눈치였다.

「혹시 무슨 일이라도 생겼나요?」

「빨리 행적을 좀 확인하고 싶습니다.」

김 교수는 긴장된 얼굴로 물었다.

「무슨 일이죠?」

정서는 자초지종을 얘기했다.

김영일 교수는 미간을 좁히며 걱정스럽게 말했다.

「중국에서 돌아오지 않고 있는 건 맞아요.」

「그런데 왜 그렇게 연락이 없을까요? 무슨 개인적인 이유라도 있는 걸까요?」

「중국에서 내게 팩스를 한 장 보냈는데, 그날 내게 보냈던 팩스에서는 동경에 가겠다고 했어요. 그게 끝이었어요. 그 후로는 아무런 연락이 없었거든요.」

김영일 교수는 난처한 듯한 표정을 지으며 한 장의 팩스를 내놓았다. 팩스는 8월 27일 자로 되어 있었다.

김영일 교수님, 저는 일본인들이 명성황후를 능욕했다는 보고서가 어디 있는지 알게 되었습니다. 그 보고서는 뜻밖에도 일본 의회도서관에 있습니다. 저는 내일 북경을 거쳐 일본으로 갑니다. 도착하면 다시 전화를 드리고 팩스도 보내겠습니다.

한은원 드림

「여기 보듯이 일본에 가면 내게 전화를 하고 팩스도 보내겠다고 했거든요. 그런데 전화도 오지 않았고 팩스도 들어오지 않았어요.」

「이건 중국의 어디에서 보낸 팩스인가요?」

「성도대학교의 용지예요. 발신번호도 그렇고.」

「한 교수가 가 있던 곳이군요.」

「네. 어떻게 아세요?」

「거기 시에허 교수라는 분과 같이 연구를 하고 있는 걸로 알고 있는데요. 그분은 어떤 분입니까?」

「저는 잘 알지 못합니다. 몇 년 전부터 한 교수는 그 사람을 만나러 방학이면 늘 중국에 가곤 했어요.」

「정리해보면, 한 교수는 8월 1일 중국으로 갔고, 8월 27일 일본으로 간다는 내용의 팩스를 보낸 이후 연락이 없는 거군요.」

김영일 교수는 고개를 끄덕였다.

「그럼 지금 일본에 있겠군요. 아니면 둘 중 하나일 수도 있겠네요. 현재 중국에 있거나 일본에 있거나.」

「그렇겠죠.」

「어떻든 간에 이미 학기가 시작되었는데 한 교수가 돌아오지 않고 있다는 건 이상한 일임에는 틀림없죠?」

「물론입니다. 지금 연달아 결강 사태가 발생하고 있는데 행방은커녕 연락조차 없으니 무척 불안합니다.」

「중국의 시에허 교수에게는 전화를 해보셨나요?」

「네. 팩스를 보낸 다음날 성도를 떠났다고 했어요.」

「어디로 갔는지는 모르고요?」

「그는 당연히 한 교수가 일본에 있다고 생각하고 있지요.」

정서는 말없이 고개를 끄덕였다.

「그런데 일본의 의회도서관에 있다는 이 문서는 뭡니까?」

「몇 년 전 한 소설가가 명성황후가 경복궁에서 일본인들에 의해 능욕당한 후 죽임을 당했다고 주장했어요. 그 소설가는 당시 에조라는 사람이 자신의 직속상관인 일본의 스에미쓰 법제국장에게 현장 상황을 보고한 비밀문서가 있다고 했지만 구체적으로 어디에 있는지 확인은 되지 않고 있어 학자들 사이에서는 관심의 대상이 되어오고 있었지요.」

「그런데 한 교수가 그 문서의 소재지를 알아낸 것이군요.」

「그런 걸로 보입니다.」

「일본같이 치안이 잘되어 있는 곳에서, 그것도 의회도서관에 있는 문서를 찾는 일에 무슨 위험이 있을 거라는 생각이 들지는 않는데……. 그런데 행선지가 좀 이상하다는 느낌은 드네요. 일본 일은 간단하고 중국 일은 그리 간단하지 않은 것 같은데 어째서 일본에 먼저 가지 않고 중국에 갔을까요?」

「글쎄요.」

정서는 한참 생각하다 말했다.

「우선 지금 일본에 있는지 출입국 기록을 살펴보아야겠네요.」

「그래 주시겠습니까? 사실 지금 저도 밖으로 말은 못하지만 무척 불안합니다. 나서서 찾아보고 싶은데 교무처장직까지 맡고 있어서 조금의 여유도 없네요.」

「별일이야 없겠지만 한번 알아보겠습니다.」

정서는 자리에서 일어났다.

「참, 그리고 한번 만나볼 분이 있을지 모르겠습니다. 이분이 한 교수가 중국에 다니는 이유를 구체적으로 알고 있을 겁니다.」

김영일 교수는 종이에 한 사람의 이름을 써주었다.

– 국사편찬위원회 고대사 편찬위원 박일기 교수

한의 유래

정서는 먼저 목 반장에게 전화를 걸어 은원의 일본 입국 기록을 알아봐달라고 부탁했다. 목 반장은 서둘러 전화를 걸어왔다.

「일본에 입국한 건 맞습니다. 출국 기록은 없으니 현재 일본에 머무르고 있는 것 같습니다.」

「그렇군요.」

「필요하시면 일본 영사관의 우리 파견관에게 행방을 알아보라고 할까요?」

「그래 주시겠습니까?」

「알겠습니다.」

정서는 은원과 함께 걷던 캠퍼스 길을 혼자 걸어 내려오며 생각을 이어갔다. 도대체 이 친구는 무엇을 하고 다니는 것일까?

은원의 출국, 그리고 이어지는 연락 두절. 평소의 은원과는 너무나 다른 행동에 정서는 갈피를 잡을 수 없었다.

정서는 국사편찬위원회로 박일기 교수를 찾아갔다.

박일기 교수는 육십대 초반의 원로학자였다. 점잖아 보이는 중에도 눈매에 고집의 일단이 서려 있었다. 그는 정서가 내민 명함을 보고는 의아하다는 듯 안경을 이마 위로 걷어올렸다.

「제가 박일기입니다만.」

「네, 저는 한은원 교수의 지인입니다. 지금 한 교수의 행방이 확실하지 않아 혹시 아시는 게 있나 싶어 찾아왔습니다.」

박 교수는 아무런 말 없이 먼저 정서의 기색을 살폈다. 정서는 자신에 대해 어느 정도 설명을 하는 게 필요하다는 생각이 들어 현재 하는 일과 신분을 약간 내비쳤다.

「그렇습니까? 불쾌하게 느꼈다면 미안합니다. 그런데 한 교수의 행방이 확실하지 않다고요? 무슨 사고가 생겼을까요?」

「아직은 확실한 게 없습니다. 김영일 교수는 한 교수가 중국에 간 이유를 박 교수님이 아실 거라 하더군요.」

박 교수는 잠시 망설이다 정서를 자신의 컴퓨터 앞에 앉도록 한 다음 마우스로 이메일 하나를 열었다.

「이걸 한번 보세요. 석 달 전쯤 받은 메일입니다.」

박 교수가 연 메일의 내용은 이러했다.

박 교수님. 드디어 한의 근거를 찾았습니다. 이제 왜 우리가 한국인이라 불리는지, 왜 우리나라 국호를 한국으로 했는지 그 확고부동한 이유를 교과서에 실을 수 있을 것 같습니다. 국사편찬위원회의 고대사 분과 심의회의를 10월로 늦추어주시고 위원직 사퇴를 그때까지 미루어주시길 간곡히 부탁드립니다.

메일을 보낸 이의 아이디는 '가이아'였다. 아이디를 보는 순간 정서의 가슴이 다시 한 번 아릿해져왔다. 오랜 시간 동안 잊어버리고 있었던 은원의 아이디였다.

「한 교수가 보낸 메일입니다.」

정서는 주의를 집중하며 박 교수의 얼굴을 보았다. 박 교수의 얼굴은 그리 밝지 않았다.

다시 소파로 돌아와 앉은 박 교수는 차분한 목소리로 이야기를 시작했다.

「사실 나는 최근 편찬위원회에 사퇴서를 제출했었습니다.」

박 교수는 안경을 벗어 닦으며 눈길을 창밖으로 돌렸다.

「처음 들어올 때는 할 일이 참 많다고 생각했었지요. 이 나라 역사를 제대로 기술해 자라는 학생들에게 바른 역사를 가르치고 싶은 포부가 있었어요.」

「문제가 있었습니까?」

박 교수는 쓴웃음을 입에 물었다.

「겉으로는 어떻게 보일지 모르겠지만 사실은 이룬 게 아무것도 없어요. 무엇보다 우리 역사의 잃어버린 3천 년을 꼭 복원하고 싶었었는데 손도 대보지 못했으니까요.」

박 교수가 말하는 잃어버린 3천 년이란 한반도의 5천 년 역사 중 신라, 고구려, 백제 이전의 3천 년이 신화로 치부되어 희미하게 기술되어 있는 우리 국사 교과서의 현실을 말하는 것 같았다.

정서는 역사에 해박한 은원과 한때 어울려 다니면서 한국 역사에 관해 많은 얘기를 들어 웬만한 사학과 학생 못지않은 성취가 있었다.

「나는 얼마 전부터 뜻을 이루지 못할 바에야 차라리 다른 이를 위해 이 직을 그만두는 게 옳겠다는 생각을 해왔어요. 사실 고대사 부분 책임편찬위원으로서 한국이라는 국명의 유래조차 정확히 밝히지 못하고 있으니 어쩌면 물러나는 게 당연한 거 아니겠어요?」

박 교수는 한국이라는 국명의 기원을 제대로 밝히지 못해 많이 괴로워하는 걸로 보였다.

박 교수는 감정이 복받치는지 자학 섞인 푸념을 이어 나갔다.

「명색이 역사학자이자 국사편찬위원이고 대학에서 선생질을 하고 있는 사람이 대한민국이 왜 대한민국인지, 한국인이 왜 한국인인지, 한반도가 왜 한반도인지, 도대체 그 한(韓)이라는 글자가 어디서 왔는지를 설명할 수 없다는 게 말이 됩니까?」

정서는 은원으로부터 대한민국이라는 국명이 어떻게 생겨났는지에 대해서는 학자마다 주장이 다르다는 얘기를 들은 적이 있었다. 그렇다면 결국 이것은 누구의 주장도 전부를 만족시킬 만한 타당성을 갖추고 있지 못하다는 말이었다.

「그런데 사퇴서를 내자마자 어디서 소문을 들었는지 한은원 교수가 이런 메일을 보내왔어요. 한동안 망설이다 전화를 걸었더니 한 교수는 자신이 오랫동안 한의 근원을 찾아왔는데 이제 곧 확고부동한 증거를 제시할 수 있다고 하면서 교과서에 한의 의미를 바로 올리기 전까지는 내가 물러나서는 안 된다는 겁니다.」

「제가 알기로 그 사람이 빈말을 할 사람은 결코 아닌데요.」

「물론 아니지요. 그래서 나는 마지막 희망을 한 교수에게 걸어보기로 하고 10월로 심의를 늦추고 그때까지 사직을 보류하겠다고 약속해주었어요.」

「한은원 교수라면 믿고 기다려볼 만한 사람이 아닙니까?」

그러나 박 교수는 희미하게 고개를 가로저었다.

「그런데 뭔가 이상해요. 여름방학 내내 연락을 기다렸지만 이 사람으로부터는 이후 아무런 소식이 없었어요. 학교로 문의를 했더니 방학 중에 중국에 나가 아직까지 소식이 없다고 하더군요.」

「한 선생이라면 지키지 못할 약속을 할 사람이 아닌데요?」

「나도 그 사람이 결코 가볍거나 허튼 사람이 아니라는 걸 잘 알고 있어요. 그런데 아직까지 연락 한 번 없어요. 10월에 고대사 개정 심의를 하려면 벌써 한 교수가 얘기하던 자료를 제출했어야 하는데 말입니다.」

박 교수의 얼굴에는 초조한 기색이 역력했다.

「주변 위원들에게 이번에는 교과서에 신화 대신 역사를 쓸 수 있는 확고한 증거를 제출할 거라 장담했는데 꼴이 우습게 되어버렸어요. 나야 망신 한 번 당하면 되는 일이지만 일이 이렇게 틀어지고 나면 다음 사람도 힘들어질 테고 앞으로 점점 더 교과서를 바로잡을 기회가 없어질 것인데…….」

박 교수의 목소리는 갈수록 침통해졌다.

「메일을 보내보셨어요? 해외에 있어도 메일은 확인할 텐데요.」

「물론 보내봤어요. 하지만 아무런 답장이 없어요. 아예 편지함을 열어보지도 않아요.」

이제 정서는 은원에게 무슨 일이 생겼다는 확신을 가질 수 있었다. 사실 지금 박 교수가 얘기하는 한국이라는 국명의 유래에 대해서는 정서도 은원으로부터 들었던 적이 있었다. 아니, 들었을 뿐만 아니라 은원의 논문 개요도 본 적이 있었다.

우리나라는 새로운 국명을 지을 때 화려한 과거를 계승하려 했다.

고려는 고구려를 계승한다는 의미로 지어졌고 조선은 과거의 조선

즉, 고조선을 잇겠다는 뜻이었다. 지금은 고조선이 무척 왜소하게 그려져 있지만 이성계가 조선을 건국하던 당시까지는 고조선이 대단한 나라였다는 증거가 있었기 때문이다. 고려의 국명이 고구려를 따고 조선의 국명이 고조선을 따듯, 대한민국이라는 국호를 지을 때 한(韓)을 택한 건 한이라는 글자에 과거의 화려한 영광이 담겨 있기 때문이 아닐까 생각해볼 필요가 있다. 우리 역사에 한이 처음 등장한 것은 물론 한반도 남부에 있었다는 마한, 진한, 변한의 삼한이다. 그러나 당시 두만강 압록강을 국경으로 두고 있던 조선이 고작 한반도 남부에 움츠리고 있던 삼한을 잇고자 대한제국이라고 국호를 지었을까? 특히 당시는 외압을 떨치고 조선의 기개를 펴겠다는 웅혼한 기상에서 국명을 바꾸었는데 말이다. 어쩌면 삼한은 그전에 이미 한이라는 뿌리를 가지고 있었던 게 아닐까? 그리고 그 한은 한반도에 갇힌 조선이 본받고 싶었던 강력하고 거대한 나라가 아닐까? 아니, 분명 그럴 것이다.

「하여튼 저로서는 지금 보통 사태가 아닙니다. 만약 한 교수가 정 나타날 가망이 없을 것 같으면 지금이라도 빨리 심의를 취소하고 위원직을 사퇴해야만 해요. 정작 당일에 이르러서 증거를 못 찾았다고 할 수는 없는 일 아닌가요?」

「그 당시 한 교수에게 심의회에 내놓을 증거가 대략 어떤 건지 물어보지는 않으셨나요?」

「물론 물어봤지요. 그런데 한 교수는 이상할 정도로 보안에 신경을 쓰더군요.」

「보안이라고요? 어차피 얼마 후면 공개할 자료인데 까탈스럽게 그럴 필요가 있었을까요?」

「나도 좀 석연치는 않았지만 한 교수의 인격에 확신이 있던 터라 알겠다고 했어요.」

「시간이 얼마나 남았습니까?」

「10월 말로 날짜를 정했으니 이제 얼마 안 남았어요. 자료는 그때 가서 즉석에서 나누어준다 하더라도 지금 같아서는 그날 나타날지조차 알 수 없어요. 아니, 꼭 안 나타날 것만 같은 기분입니다.」

박 교수의 불안감이 그대로 전해져오자 정서는 정면으로 박 교수의 눈을 바라보며 말했다.

「조금 기다려보십시오. 제가 한 교수를 한번 찾아보겠습니다.」

집으로 돌아온 정서는 혹시나 하는 바람으로 바로 은원에게 메일을 보냈다.

나 이정서다. 오랜만이군. 오늘 국사편찬위원회의 박일기 교수님을 만났어. 한을 좇고 있다는 네 이야기를 대충 들었다. 가능하면 바로 연락 부탁한다.

정서는 은원의 상황이 어떤지 몰라 미진의 사고 소식은 쓰지 않았다. 편지는 제대로 발송되었지만 박 교수의 말대로 은원은 아예 편지함을 열어보지도 않고 있었다. 은원이 보낸 팩스와 일본의 출입국 기록에 의하면 지금 은원은 분명 일본에서 무슨 사고를 당했을 걸로 보이지만 박 교수의 얘기를 들어보면 실상 문제는 일본에 가기 전부터 있었다. 정상이라면 중국에서 어떤 형태로든 박 교수에게 연락을 취했어야 하는 것이다.

한의 유래를 찾는 일은 다만 박 교수에게 한 약속이라는 의미만 있는 게 아니었다. 정서는 은원이 자신의 성인 한씨에 대해 유별난 애착과 관심을 갖고 있었다는 걸 알고 있었다. 정서는 언젠가의 대화를 떠올렸다.

- 나는 어릴 때부터 한씨라는 성에 자부심을 가졌어. 어린 생각에 한씨는 왕의 성이라고 여겼던 거지.
- 여자도 왕의 성을 갖는 걸 좋아하는 모양이지?
- 후후, 아무튼 나는 나라 이름이 김국이라면 그건 김씨의 나라라는 뜻이고 최국이라면 그건 최씨의 나라라는 뜻이라고 생각했어.
- 한국은 한씨의 나라라고 생각했고 따라서 한씨는 왕의 자손이라고 생각했던 거군.
- 그래.

– 어릴 때니 그렇게 생각할 만하네.

– 잔뜩 자부심을 가지고 살아왔는데 어느 날 그 자부심이 와장창 깨진 거지.

– 어째서?

– 명절에 조부님 제사를 모셨는데 그때 나는 자랑스럽게 큰아버지께 우리 한씨가 대한민국의 왕이죠 하고 물었어.

– 그랬더니?

– 큰아버지가 웃으시며 미안하지만 우리 한씨의 한(韓)이 나라 이름이긴 한데 대한민국의 한이 아니고 아득한 옛날 중국에 있던 한나라의 한이라고 하는 거야.

– 많이 실망했겠군.

– 응, 차츰 나이가 들면서 우리 한씨의 한은 항우를 꺾고 천하를 재통일한 유방의 한(漢)이 아니고 그보다 전 시대인 춘추전국 시대 때 있던 나라 한이라는 걸 확실히 알게 되었어. 그러니까 우리 한은 도대체 어디서 왔는가 하는 의문이 생겼어. 그래서 오빠를 따라 대학 도서관에 가서 고종 실록을 찾아보았더니 대한제국은 삼한을 잇는다는 뜻으로 한이라는 국호를 취했다고 분명하게 기록이 되어 있더라.

– 실망이 굳어졌군.

– 단순하게 보면 그렇지만 고종 실록을 본 이후부터 나는 오

히려 강한 의문을 가지게 되었어. 기개를 떨치려던 대한제국이 구태여 삼한이라는 작은 나라를 국명의 모델로 삼았다는 사실이 이해가 가지 않았거든. 그 의문은 세월이 지나면서 한에는 아직 우리 역사가 밝히지 못한 내력이 있다는 신념으로 굳어졌던 거지. 내가 대학을 사학과로 택한 이유이기도 해.

정서는 지금 이 순간은 사물의 껍데기를 꿰뚫고 중심에 다다르는 특별한 직관이 필요한 때라는 걸 느꼈다. 차츰 생각이 깊어지자 모든 상황에 의심이 가기 시작했다. 알 수 없는 뭔가에 속고 있는 것만 같았다.

정서는 은원의 행방에 관해 알게 된 모든 정보를 의심해 보기로 했다.

정서는 펜과 종이를 꺼내 우선 이제껏 일어났던 모든 사실을 순서에 따라 객관적으로 나열했다.

1. 은원은 박 교수에게 자신이 한의 증거를 찾았으니 10월 말에 심의회를 열게 해주고 위원직 사퇴도 보류해달라는 요청을 해두고 있는 상태였다.
2. 자신은 미진의 장례식에 갔다 목 반장을 만났고, 미진의 죽음이 자살을 위장한 타살이라는 걸 알게 됐다.

3. 미진은 살해당할 이유가 없었고, 유일하게 의심해볼 수 있다면 은원과 같이 진행하던 〈역사 기록의 천문학적 진실〉이었다.
4. 은원은 중국으로 출국한 후 얼마 전 일본으로 가 아직 소식이 없다.

정서는 먼저 1번 항에 대해 검증을 시작했다.

은원은 결코 빈말을 할 사람도 아니고 남을 속일 사람은 더더군다나 아니었다. 사직하려는 사람을 찾아와 굳이 사직을 만류해가면서 없는 증거를 있다고 했다는 건 생각할 수도 없었다. 정서는 여기에 참이라는 판정을 했다.

다음의 2항 역시 확실했다.

자살이든 타살이든 목이 졸려 죽은 사람이 손톱자국 하나 남기지 않는다는 건 불가능한 일이었고 테트로도톡신은 미진의 타살을 충분히 설명하고 있다.

3항은 판단이 쉽지 않은 일이었다. 하지만 한 사람은 타살, 한 사람은 거의 실종 상태인 걸로 보아 두 사람의 연구는 상당한 위험성을 갖고 있었다고 볼 수 있다. 두 사람이 다섯 개의 행성 위치를 시뮬레이팅했다는 데서 어떤 단서를 포착할 수 있을 것이다.

4항이 가장 문제였다. 일본은 치안이 확실한 곳이고 의회 도서관에 있는 자료를 찾는 일이 위험할 리도 없었다. 그러나 출입국관리소의 입국 기록은 의심할 여지가 없는 일이었다. 정서는 이 부분을 쉽사리 판단할 수 없었다.

한참 고심하던 정서는 다시 목 반장에게 전화를 걸었다.

「일본에서의 행적이 나오면 전화를 드리려고 하던 참이었습니다. 그런데 박사님, 이상하게도 일본에서의 행적은 전혀 파악되지 않습니다. 영사관의 우리 파견 직원이 의회도서관 출입 기록도 살폈지만 의회도서관에는 나타나지 않았던데요. 하지만 한은원 교수가 중국에서 북경을 거쳐 일본으로 간 건 틀림없이 확인이 되었습니다. 신용카드 사용 내역을 조회했더니 한 교수는 8월 29일 북경에서 일본을 거쳐 한국으로 오는 비행기 표를 샀더군요. 그리고 그날 현금서비스도 최대한으로 받았습니다. 일본 여행 준비를 했던 겁니다.」

「아직 한국으로는 돌아오지 않은 거죠?」

「네. 아직 일본에서 출국한 기록이 없습니다.」

「그런데 그 현금서비스는 어딘지 이상한 느낌이 드는군요.」

「왜요? 여행 준비를 한 게 아닐까요?」

「여행 준비 같긴 한데 일본 여행은 아니지 않을까요?」

「어째서요? 같은 날 일본행 비행기 표를 사고 현금서비스를 받았는데요.」

「아니, 현금서비스는 확실히 말이 되지 않아요. 하여튼 알겠습니다. 수고하셨어요.」

전화를 끊으며 정서는 그간 자신을 헷갈리게 해온 사실이 무엇인지 확실히 알 수 있었다. 그건 바로 일본 방문이었다. 일본 입국은 일본 정부의 출입국관리소에 의해 확인된 것이니 믿지 않을 수 없는 노릇이었다. 하지만 이 사실 때문에 전체적으로 은원의 행방은 안개 속에 빠지고 있었다.

정서는 문득 든 생각에 목 반장에게 다시 전화를 걸었다.

「예, 박사님.」

「목 반장님, 그런데 한 교수가 출국한 시간과 현금서비스를 받은 시간을 좀 체크해주시겠습니까?」

「시간이요? 아, 네, 알겠습니다.」

목 반장은 정서의 의도를 금방 알아들었다.

「그런데 시간이 조금 걸리겠는데요.」

「기다리겠습니다.」

현금서비스라니? 목 반장은 그게 일본에 가기 위한 준비라고 했지만 중국에서 일본으로 갈 사람이 중국에서 중국 화폐로 현금서비스를 받을 이유는 없었다. 거기엔 분명 무슨 이유가 있을 것이다.

전화를 기다리면서 정서는 은원이 중국에서 일본으로 가지 않았다고 가정해보았다. 그러자 풀리지 않던 많은 문제들이 사라졌다. 의회도서관에 나타나지 않은 사실도 이상할 게 없었고,

무엇보다도 한국으로 연락을 하지 않고 있다는 사실도 이해할 수 있었다.

한참 만에 걸려온 목 반장의 전화는 정서의 추리를 확인시켜 주었다.

「박사님 생각이 맞았습니다. 현금서비스는 비행기가 뜬 이후 받았습니다. 이게 공식 수사가 아니다 보니 밑에 친구가 별로 신경을 안 쓴 모양입니다. 죄송합니다.」

정서는 알겠다며 전화를 끊었다. 이제 모든 것이 확실해진 것이다.

은원은 중국에서 자신의 행방을 숨기고 있는 것이다. 일본행은 위장이었고 그건 현금서비스에 의해 확고히 증명된 셈이었다.

은원은 자신의 자유의지로 일본 출입국관리소라는 공신력 있는 기관을 이용해 행적을 숨기고 있는 것이다. 그런 확신이 들자 정서는 한편으로는 마음이 놓이면서도 또 한편으로는 다른 불안에 빠져들었다. 그건 은원 스스로 심각한 위기를 느끼고 있다는 뜻이기도 했던 것이다.

그런데 은원은 도대체 무슨 일로 중국에서 이렇게 위험을 무릅쓰고 다니는 걸까. 일단 신변의 위협을 느낀다면 한국으로 얼른 돌아오는 게 정상이었다. 그러나 은원은 자신의 행적을 안개 속에 숨기고 중국 어딘가에서 무언가를 하고 있다.

아마 은원은 박 교수에게 밝힌 대로 한의 유래를 찾기 위해 무언가를 하고 있을 것이었다. 그리고 그건 미진의 죽음을 불러올 정도로 위험한 일인 것이다.

정서는 어서 연구실로 돌아가고 싶었다. 실마리는 미진의 노트북에서 찾을 수밖에 없었다.

웹하드

은원과 미진은 다섯 개 행성의 움직임을 시뮬레이션으로 살피고 있었다. 두 사람은 미국의 NASA에서 제공하는 천체모듈에 어떤 역사 기록인가를 넣고 그 진위를 알아보려 한 것 같았다. 하지만 그 기록이 무엇인지 알 수는 없었다.

복잡하기 짝이 없는 수십 개의 천체도를 아무리 살펴도 기록이 없으니 두 사람 연구의 출발점도 도착점도 좀처럼 짐작할 수 없었다.

「음!」

지친 정서는 무의식적으로 인터넷으로 넘어가 이메일을 확인했다. 혹시나 은원이 뒤늦게라도 자신이 보낸 메일을 보았을지 모른다는 가냘픈 기대가 떠올랐기 때문이다. 하지만 은원으로부터는 어떤 답장도 없었다.

정서는 잠시 상념에 빠져들었다. 예전에는 그토록 자주 교환하던 이메일이었지만 어느 순간부터 이메일을 한 번 주고받는

다는 게 너무나 어색한 일이 되어버렸다. 영원할 것 같던 우정도 각자의 삶의 무게에 묻혀버린 듯싶었다. 그리고 지금 은원은 자신이 보낸 이메일을 한번 열어보지도 않는다. 물론 은원은 지금 매우 비정상적인 상태에 빠져 있을 것이다. 하지만 예전 같았으면 별 거부감 없이 이메일을 통해 자신에게 어려움을 호소했을 것이었다. 그동안의 흘러버린 시간은 너무나 높은 벽이 되어 있었다.

과거 은원과 자신은 이메일을 자주 교환했을 뿐만 아니라 웹하드를 같이 사용한 적도 있었다. 정서는 외신이나 외국의 자료를 검색하다 은원에게 도움이 될 만한 게 있으면 은원의 웹하드에 올려주곤 했다.

'웹하드?'

갑자기 정서의 머리를 때리는 기억이 있었다. 은원은 매우 중요하고 보안을 유지해야 할 것은 웹에 올려두곤 했다. 컴퓨터는 믿을 수 없었다. 백업을 받아둔다고 해도 CD나 USB가 손상되면 허사였다. 그러나 웹하드는 본인이 지워버리지 않는 한 언제 어느 곳에서나 꺼내볼 수 있는 것은 물론 보존까지 가능했던 것이다. 웹 호스팅을 유지하려면 적잖은 비용을 지불해야 하기 때문에 보통 개인이 사용하지는 않지만, 은원은 그런 면에서 여유가 있는 사람이었고 정서도 그 웹하드를 가끔 빌려 쓰곤 했던 것이다. 물론 당시 웹하드의 아이디와 비밀번호를 아는 사람은 자신 외에 미진과 정서가 유일하다고 은원은 말했었다.

여기에 기억이 미치자 정서는 혹시 하는 마음으로 웹하드 어드레스를 천천히 눌렀다.

너무 오래전 일이라 과연 지금까지 웹하드를 사용하고 있는지도 확실치 않았고, 더군다나 아이디와 패스워드를 그대로 유지하고 있을 가능성은 거의 없었지만 옛 추억을 만나러 달려가듯 정서의 가슴은 방망이질 쳤다.

웹하드에 접속되고 로그인 창이 떴다. 그동안 까맣게 잊고 있던 아이디와 비밀번호가 거짓말처럼 생생하게 뇌리의 한편에서 떠오르는 게 신기하기만 했다.

패스워드는 영문자판에서 '한국'을 치면 되었다. 설마 하면서도 마지막 ㄱ을 쳐놓고 엔터를 치는 순간 정서는 떨리는 손길을 느낄 수 있었다.

아, 놀랍게도 아이디와 패스워드는 옛날 그대로였다.

놀라운 건 그게 전부가 아니었다. 그 안엔 이정서라는 이름의 폴더가 여전히 살아 있었다. 정서는 탄성을 자아내며 자신의 이름으로 제목이 매겨진 폴더를 눌렀다. 놀랍게도 폴더 안에는 7월 31일, 중국으로 떠나기 직전에 올린 파일이 하나 담겨 있었다. 정서는 잔뜩 긴장된 숨을 내뿜으며 파일을 더블클릭했다.

그러자 짧은 문장이 떴다.

나는 오성(伍星)의 집결을 관측한 기록을 보고 동국(東國)이 이미 큰 나라를 이루고 있었음을 알 수 있었다. 그로부터 천 년 후 이들의 자손이 주(周)를 찾았으니 그 내력이 중화(中華)에 못지않으리라. 놀라운 일이로다! 놀라운 일이로다!

정서는 두근거리는 가슴을 억누르며 이 문장을 몇 번이나 읽고 또 읽었다. 동국이라는 단어로 보아 원 문장은 중국인이 쓴 것 같아 보였지만, 문장만으로는 어떤 암시를 담고 있는지 알 수 없었다. 그러나 정서는 무엇보다 이 문장이 한의 뿌리와 깊은 관련이 있으리라는 생각에 앞서 문득 은원이 자신을 부르고 있다는 느낌을 받았다.

'은원이 나를 찾고 있다!'

정서는 은원이 아직 자신의 도움을 구하고 있다고 생각하자 크게 마음이 흔들렸다.

미진의 급작스러운 죽음, 은원의 난해한 메시지. 분명 뭔가 있다.

'여기서 이럴 게 아니라 어서 중국으로 가야 한다.'

중국에 간다 하더라도 은원을 어떻게 찾아야 할지 모르겠지만 자신의 폴더를 아직도 간직해주고 있는 은원의 마음도 그렇고, 중국으로 떠나기에 앞서 굳이 이런 문장을 자신의 폴더 안에 남겨놓았다는 사실은 뭔가 의미가 있는 게 확실했다. 무엇보다 은원이 지금 위기에 빠져 있다는 생각에 정서는 마음이 급해졌다.

성도.

은원의 행방을 알아볼 일말의 가능성은 일단 성도로 가보는 것이었다. 그곳에서 시에허 교수를 만나면 어떤 실마리를 찾을 수 있을지도 몰랐다.

밤새 결의를 굳히던 정서는 날이 밝자 박일기 교수를 찾아가 웹하드에서 발견한 문구를 내보였다.

「혹시 이 글을 누가 썼는지 아십니까?」

「그건 모르겠지만 중국인이 쓴 것은 확실하군요. 동국은 중국인들이 우리나라를 칭하는 것이니까요.」

「여기서 오성의 집결이라고 하면 화수목금토의 다섯 개 행성이 모두 한자리에 늘어선 걸 말하지 않습니까?」

「그런 것 같군요.」

「문맥으로 보아서는 중국의 누군가가 우리나라의 옛 천문 기록을 보고 장구한 역사에 놀라는 거 아닙니까?」

「그렇네요.」

「그런데 이 천문 기록이 뭘까요? 」

「비록 위서로 터부시되고 있긴 하지만 역사서 중 〈단군세기〉에는 오성이 집결했다는 기록이 있긴 하지요.」

「오성집결이요? 한은원 교수는 자신의 과학자 친구와 함께 오성의 운행을 집중적으로 연구하고 있었습니다. 이제 알겠습니다. 한 교수는 아마 이 문장의 기록자를 찾고 있는 것 같습니다.」

「그럴지도 모르겠군요. 무엇보다도 여기 동국의 자손이 주를 찾았다는 내용이 놀라워요. 만약 이 문장의 근거를 찾는다면 우리나라 고대사의 잃어버린 수천 년을 찾을 수도 있을지 모르겠는데.」

「이 문장이 그렇게나 대단한 겁니까? 어째서 그렇지요?」

「우리나라에 관한 중국의 기록은 기원전 3세기 이전의 것은 없어요. 그런데 이 내용을 보면 이미 주나라가 있기 천 년 전에 동국이 있었다는 거 아닙니까? 주나라가 기원전 12세기 무렵 생겼다 기원전 6세기 무렵 망했으니 이 기록은 최소한 기원전 16세기 무렵 우리나라가 존재했다는 증거가 되는 셈이지요.」

박 교수의 음성이 들떴다.

「단군 할아버지로 대충 처리해둔 나라의 실체가 드러나는군요.」

「그것도 그냥 존재한 게 아니라 오성의 집결을 기록할 정도의 문명국이었다는 셈이니, 이게 믿을 만한 기록이라면 정녕 놀라운 일이로군!」

「문맥상으로 보면 글쓴이는 분명히 천 년의 시차를 둔 두 상이한 기록을 본 것 같습니다. 하나는 오성의 집결에 관한 기록이고, 또 하나는 그 자손이 그로부터 천 년 후 주나라를 찾았다는 기록 말입니다.」

「그래요. 그런데 도대체 이 사람이 누구일까? 이건 처음 보는 문장인데.」

「어쨌든 여기서 알 수 있을 것 같지는 않습니다. 성도대학교에 가면 뭔가 단서를 찾아낼 수 있지 않을까 하는 생각이 듭니다.」

박 교수가 눈을 빛내며 정서를 바라보았다. 젊은이가 거침이 없었다. 성도대학이면 중국인데, 그냥 이웃에 가듯이 이야기를 하고 있는 것이다.

「말도 통하지 않을 텐데…….」

「어릴 때부터 한자에 관심이 많았고 그러다 보니 자연히 중국어도 조금 배우게 되었습니다. 그보다 신분을 위장할 필요가 있어서 왔습니다. 박 교수님 밑에서 역사 연구를 하는 걸로 해 둘 필요가 있을 것 같습니다.」

「그건 편하게 해요. 아예 지금 내가 있는 학교의 역사문제연구소 연구원으로 등록을 합시다. 그렇게 하면 나중에라도 문제될 게 없을 겁니다.」

「만족할 만한 결과를 가지고 돌아올지는 모르겠지만 너무 걱정하지 마십시오.」

정서는 신원 자료를 남기고 박 교수의 연구실을 나왔다.

다음날 정서는 인천에서 북경행 비행기에 몸을 실었다. 정서에게는 중국도 마냥 낯선 땅은 아니었다. 연전에 연구원들과 함께 상해를 다녀가기도 했었다. 그러나 지금 떠나는 이 길은 자신의 전공과는 전혀 무관한 일이었기에 여느 때보다 긴장되지 않을 수 없었다.

정서는 모든 게 시에허 교수에게 달려 있다는 생각이 들었다. 은원과 그가 어떤 연구를 같이 하고 얼마만큼이나 서로를 신뢰하는 관계인지 알 수는 없었지만, 현재로서는 그가 10억이 넘는 인구가 북적대는 대륙에서 은원의 행방을 좇게 해줄 수 있는 유일한 인물이었다.

어젯밤 통화를 나누었던 시에허 교수는 부드러운 억양을 가진 전형적인 학자였다. 오래전 한은원 교수로부터 소개를 받았다는 얘기를 하고 내일 비행기로 중국으로 들어가니 만나 뵐 수 있겠느냐고 묻자 그는 조금 당황하는 듯하더니 이내 적극적으로 나왔다.

「제가 공항으로 나가지요. 몇 시 비행기입니까?」

「아닙니다. 그러실 필요 없습니다. 가서 찾아뵙지요.」

「아니에요. 저도 몹시 궁금합니다. 이 선생이 어떤 분인지.」

시에허 교수는 굳이 공항으로 마중을 나오겠다고 했다.

중국으로

성도공항에 내리자 정서는 약간 마른 체구에 안경을 낀 사십대 후반의 남자가 피켓을 들고 자신을 기다리고 있는 걸 보았다. 정서가 다가가자 남자는 반갑게 손을 내밀었다.

「시에허입니다. 여행은 힘들지 않으셨나요?」

「이정서입니다. 이렇게 나올 필요까지는 없었는데요.」

「자, 가방을 이리 주세요.」

시에허 교수는 억지로 정서의 가방을 받아서는 앞장서서 걸었다. 주차장까지 가는 동안 말이 없던 그는 자동차에 올라타자 정서가 건넨 명함을 뜯어보며 비교적 담담한 얼굴로 말문을 열었다.

「교수가 아니라 연구원이시군요. 그런데 한 교수와 같은 연구를 하세요?」

「네. 한의 유래를 연구하고 있어요. 그런데 한 교수는 동경으로 갔다면서요? 무슨 성과가 있어 떠나지는 않은 것 같던데요?」

「한 교수가 연구 도중에 갑자기 동경으로 가버린 건 이해할 수 없어요.」

「혹시 다투거나 하지는 않으셨어요?」

정서는 일부러 웃음을 띠고 물었다.

「다툴 일이 뭐 있겠습니까? 순수하게 연구를 하던 사이인데요.」

기대하고 찾아온 시에허는 전혀 아는 게 없었다.

「저는 시에허 교수님이라면 어느 정도 한 교수의 연구 경과를 알 걸로 생각했습니다만.」

시에허 교수는 마음이 편치 못한지 아랫입술을 깨물었다.

「갑자기 하던 연구를 접고 성도를 떠나버렸어요. 이런 일은 처음이라 어떻게 대처해야 할지 모르겠습니다.」

「너무 노엽게 생각하지 마십시오. 한 교수는 시에허 교수님을 참 좋은 분으로 소개하던데요. 참, 그런데 예약을 해주겠다고 하셨지요. 어느 호텔에 예약을 하셨습니까?」

「남방호텔입니다. 한 교수가 묵었던 호텔이지요.」

「일부러 그 호텔로 잡았군요.」

「네.」

「고맙습니다. 저도 그럴 작정이었거든요.」

한동안 입술을 깨문 채 운전만 하고 있던 시에허는 자동차가 호텔에 도착하자 굳이 정서의 가방을 들고 프런트로 안내했다.

「이번 여름에도 똑같은 코스로 한은원 교수를 모셨었는데…….」

한 교수가 말없이 떠난 사실을 계속 안타까워하는 시에허 교수를 대하자 그를 어느 정도 의심했던 정서의 마음에 약간 혼란이 왔다.

체크인을 마치고 방으로 올라온 두 사람은 마주 보고 의자에 앉았다.

「사실 한 교수는 일본에서 사라졌습니다.」

「넷?」

「한국으로 들어오지 않고 있어요. 실종인지 잠적인지 알 수는 없지만 일본에서 행적이 묘연한 이유가 중국에서부터 비롯된 게 아닌가 하고 생각하는 사람들도 있습니다. 그래서 제가 이리로 온다니까 한 교수 학교의 교수들이 꼭 시에허 교수님을 만나 한 교수의 연구와 여기서의 행적에 대해 물어달라고 하더군요. 요 몇 년간 성도에서의 한은원 교수 행적을 좀 들을 수 있을까요.」

「아! 그런 일이 있었어요?」

시에허는 잠시 놀란 표정을 짓더니 말을 시작했다.

「처음 한 교수를 만난 건 북경에서였어요. 그때 사회과학원의 한 교수가 고구려를 중국의 지방정권으로 규정하는 논문을 발표해서 내가 그 사람과 격렬한 논쟁을 벌였지요.」

「아마 1차 동북공정 때였겠군요.」

「네. 그날 심포지엄이 끝나자 여러 한국 교수들이 내게 많은 격려를 해주셨죠. 그 자리에 한 교수도 있었는데 그래서 이후 우리는 쉽게 친해지게 되었어요.」

「시에허 교수님도 그 분야를 전공하십니까?」

「네. 나는 중국의 변방사를 연구하는 사람인데 특히 과거 인류의 이동에 관심이 많아요. 그러니까 아프리카에서 이집트와 메소포타미아로 나온 호모 사피엔스가 언제 어떤 경로로 동쪽으로 이동했는지가 주된 관심사지요.」

「자연히 한국의 고대사에 관심을 가지게 되었겠군요?」

「네. 인류의 동진 경로는 단순하고 분명해요. 한 갈래는 메소포타미아에서 계속 동진해 인도를 거쳐 중국으로 들어가 문명을 열었고, 또 한 갈래는 메소포타미아에서 일단 북쪽으로 올라간 다음 동진한 거지요.」

「초기 인류는 해가 뜨는 쪽으로 자꾸 가고 싶었던 모양이군요.」

시에허 교수는 웃었다.

「그 얘긴 처음 듣지만 상당히 일리가 있을 것 같군요. 초기 인류는 늘 동진했는데 거기에 해가 작용했을 거라는 생각을 해본 적은 없어요. 하여튼 직선으로 동진한 인류는 중국에 머무르면서 더 이상의 이동을 하지 않았지만, 문제는 북쪽으로 올라갔다가 동진한 인류지요.」

「우리 한국인들은 거기에 속하는 걸로 아는데요.」

「그래요. 그래서 바이칼 주변의 문화와 한국의 문화가 완전히 똑같은 겁니다. 소도가 그렇고, 지게와 소쿠리를 비롯한 농기구들과 풍습이 완전히 똑같아요. 이 사람들은 오랜 세월에 걸쳐 동으로 이동해 결국 북미로, 다시 남미로 내려갔어요. 이동 도중 바이칼에서 북만주에 걸쳐 살던 사람들이 갈라져 여러 민족을 형성하게 되는데 한국인과 일본인이 그 가운데 하나지요.」

「그래서 한국인들의 DNA 구조가 중국인보다는 일본인과 가깝군요.」

「몽고인이나 아메리카 인디언이나 일본인이나 한국인이 인종학적으로는 아주 가깝지요. 인종적으로 비슷한 북방의 여러 민족들 가운데 특히 한국 민족이 문화가 가장 일찍 발달해 고대국가를 이루었어요. 이들은 시베리아와 북만주에서 한반도까지에 걸쳐 강역을 가졌고, 따라서 세계 고인돌의 70퍼센트가 한반도에 있는 겁니다.」

「그 고대국가가 중국으로 보면 은이나 주 시대입니까?」

「시대적으로 비슷해요. 중국의 사서에도 그런 기록이 있지요.」

시에허의 이론은 결코 편협하지 않았고 오히려 한민족을 반도 안에 틀어넣지 못해 안달인 국사편찬위원회의 위원들보다 품이 넓었다. 정서는 한 교수를 비롯한 한국의 교수들이 한때 시에허의 이론에 열광했을 모습을 떠올려보았다.

「동북공정이 한창인 때라 그런 이론을 펴기가 쉽지 않았을 것 같은데요.」

「좀 문제가 있긴 했지만 나는 내 주장을 굽히지 않고 지금까지 살아오고 있어요. 그러다 보니 한은원 교수와도 교분을 나누게 되었지요. 한 교수는 고구려 이전 한민족이 세운 국가를 연구하는 사람인데, 특히 한(韓)이라는 글자의 기원을 찾는 데 집중하고 있었어요.」

「그런데 왜 성도에 집중적으로 왔을까요? 몇 년간 내리 여기로만 왔던데. 시에허 교수님이 여기 계셔서 그런 걸까요?」

「아무래도 내가 위안이 되었겠지요. 많은 중국 학자들이 동북공정에 참여하고 있는데다 한국 내에서조차 한국의 고대사를 일본이 짜준 대로만 보고 있는 현실이 답답했겠지요.」

「그렇겠군요. 교수님이 도움이 많이 되었겠군요. 그런데 그 한을 찾는 작업에 진전이 있었습니까?」

「그건 쉽지 않더군요. 나도 한 교수와 같이 그 글자의 기원을 찾아 수천 년 역사를 헤맸는데 도저히 찾아낼 수가 없었어요.」

「한민족의 한은 시에허 교수님도 평생 못 들어본 나라 이름이군요.」

「네.」

정서는 어딘지 이상하다는 기분이 들었다. 은원은 성도로 떠나기 전 자신 있게 박 교수에게 한의 뿌리를 찾아오겠다고 얘기했다. 그렇다면 은원의 성격으로 보아 이미 그전에 어느 정도 근거를 가지고 있었다는 얘기였다. 그런데 수년간이나 같이 작업을 했다는 시에허 교수는 성과가 전혀 없었다고 말하고 있는 것이다.

「다시 한 번 묻지만 한 교수가 왜 갑자기 말없이 성도를 떠났는지 짐작되는 게 없습니까?」

「도무지 이유를 알 수 없어요.」

정서는 시에허 교수를 찬찬히 뜯어보았다. 큼직한 눈에 어울리지 않게 꽉 다문 입매가 그의 친절 이면에 남의 주장을 받아들이지 않는 고집이 숨어 있을 거라는 느낌을 주었다. 곰곰이 생각하던 정서는 어쩌면 한 교수는 시에허 교수 본인의 말과는 달리 그를 전적으로 신뢰하지 않았을 가능성이 있다는 생각이 들었다.

「두 분이 같이 연구를 했다면 주로 무엇을 하셨나요?」

「한 교수가 찾으려는 한국의 고대국가는 중국으로 보면 주로 은나라와 주나라에 해당돼요. 그래서 우리는 이 두 나라에 해당하는 사서는 하나도 빼놓지 않고 살폈죠.」

「그런데도 한을 찾지는 못했다는 얘기군요.」

「네.」

「그럼 한이란 나라는 없었다는 결론이 될까요?」

「안타깝지만 그런 결론을 내릴 수밖에 없겠어요.」

시에허 교수는 은원을 찾는 데 도움이 되기는커녕 의구심만 잔뜩 키워주고 있는 셈이었다.

「폐가 될지 모르겠지만 두 분의 연구 목록을 제게 주실 수 없을는지요?」

정서가 갑작스럽게 부탁하자 시에허 교수의 얼굴에 순간적으로 망설이는 기색이 스쳐갔다. 그러나 곧 미소를 띠며 말했다.

「아, 네. 그러지요. 꼭 필요하시다면.」

「그럼 내일 연구실로 찾아가겠습니다.」

「알겠습니다.」

시에허 교수는 악수를 나누고 객실을 나갔지만 어딘지 흔쾌한 표정이 아니었다.

상황에 비추어보면 은원은 시에허를 믿지 않았던 게 분명해 보였다. 하지만 정서는 자신이 시에허 교수를 아직 제대로 파악하지 못하고 오해를 하고 있을 가능성도 염두에 두었다. 역시 가장 힘든 것은 불신이었다. 이 불신의 정체가 확실히 드러나기까지는 어느 정도 시간이 걸릴 터였다.

정서는 일단 샤워를 하고 호텔의 뷔페식당에서 저녁을 먹은 뒤 호텔 주변을 둘러보았다. 은원 역시 자신과 마찬가지로 혼자 식사를 하고 호텔 주변을 산책했을 거라고 생각하니 그리움과 안타까움이 동시에 밀려들었다.

호텔은 시내 한가운데 있어 치안에는 문제가 없어 보였다. 정서는 시내를 걸으며 은원이 느꼈을 기분을 같이 느껴보려 애썼다.

만약 시에허 교수가 믿고 의지할 수 있는 사람이 아니었다면 그녀는 왜 굳이 이곳 성도대학을 찾아온 것일까?

한중과 동국

다음날 정서는 아침을 먹고 일찌감치 호텔을 나섰다. 택시를 타지 않고 성도대학교까지 걸어간 정서는 인문학부 건물 앞을 지나치는 한 여성에게 시에허 교수의 연구실을 물었다.

「아, 그분이요. 3층 서쪽 맨 끝 방이에요.」

「서쪽이 여긴가요, 아니면 저쪽?」

「호호, 해가 어디에 떠 있나 보세요.」

정서는 웃으며 손가락으로 방향을 가리켰다.

「고맙습니다.」

「그런데 외국인이에요? 말씨가 많이 다르네요.」

「네. 한국에서 배운 중국어라.」

「반가워요. 저는 링링이에요. 아메이 교수님의 조교예요. 한국에 관심이 많아요. 한국어도 배우고 있어요.」

「아, 그래요?」

정서는 처음 보는 사람에게 말이 좀 많다는 생각을 하며 잠시 멈춰 서 있었다.

「그런데 그분도 잘 계시죠?」

「누구요?」

「한 교수님 일행 아니세요?」

「아니, 한은원 교수를 아세요?」

「네. 저희 교수님 방에 가끔 오시곤 했는데요. 저희 교수님과 친하세요.」

「저희 교수님이라면 방금 얘기한 그분?」

「네. 아메이 교수님 말이에요. 사학과의 여자 교수예요. 놀러 오세요.」

링링은 명랑하게 손을 흔들어 보이며 지나쳤다. 정서는 링링이 가르쳐준 대로 시에허 교수의 연구실을 찾아 노크를 했다.

「어서 오세요. 기다리고 있었어요.」

시에허 교수는 두툼한 봉투를 내밀었다.

「이게 우리가 같이 연구했던 목록이에요.」

정서는 봉투에서 서류를 꺼냈다. 대략 살펴봐도 이백 권이 넘는 책의 목록과 기타 잡다한 자료들의 타이틀이었다.

「이걸 다 보려면 시간이 좀 걸리겠군요. 이것들은 도서관에 다 있습니까?」

「네? 이걸 다 보겠다고요?」

「네.」

「여기서?」

「그렇습니다. 한 교수가 했던 그대로 하면서 기이한 흔적을 더듬어보려 합니다.」

「이 방대한 자료를 다 볼 수 있겠어요? 전부 한자로 되어 있는데.」

시에허는 눈을 휘둥그레 뜨며 물었다. 정서가 웃으며 대답했다.

「말은 좀 서투르지만 글은 잘 읽어요. 아마 한은원 교수보다 못하지 않을 겁니다.」

이미 시에허 교수에 대해 의심의 눈초리를 거두지 않고 있는 정서는 쉽게 돌아가지 않겠다는 확고한 의지를 내비친 셈이었다.

「그럼 그렇게 하세요.」

시에허가 어쩔 수 없다는 듯 말했다.

「그런데 이 모든 자료가 도서관에 다 있을 것 같지는 않은데요.」

「네. 물론 내가 소장하고 있는 자료도 있어요.」

「가끔 보러 와도 될까요?」

「물론입니다. 아무 때나 내가 도울 일이 있으면 얘기하세요.」

「고맙습니다.」

우선 할 일은 예의 그 '오성집결을 관측한 기록을 보았다'라는 문장을 찾는 것이었다. 그 문장을 찾아내면 자연히 누가 쓴 건지도 알 수 있을 테고, 그가 어떤 기록을 근거로 천 년 후 이들의 자손이 주나라를 방문했다고 하는 것인지도 알 수 있을 것이었다.

은원이 여기 성도에서 찾아낸 것이라면 자신 역시 못해낼 리가 없었다.

—하여간 정서, 넌 너무 자신만만한 게 탈이야.

은원이 옆에서 언제나처럼 그렇게 말하고 있는 것 같아 혼자 웃음을 지었다.

「그럼 먼저 도서관에서 찾을 수 있는 자료부터 살펴보죠.」

「그렇게 하시죠.」

정서는 시에허 교수와 악수를 나누고 도서관으로 갔다. 일단 자리에 앉아 시에허 교수가 준 연구 목록을 자세히 살펴보았다. 한눈에 보기에도 목록에는 한민족의 고대국가를 찾는 데 도움이 될 것 같은 희귀한 자료들이 빼곡히 적혀 있었다. 정서는 그가 제대로 된 자료를 준 것이라고 생각했다.

정서는 잠시 고민하다가는 목록표에 체크를 해나가기 시작했다. 이 자료들을 다 살피려면 몇 달이 걸릴지 몰랐지만 은원이 남긴 예의 그 문구만 찾는 데는 개인의 평가나 감상이 들어가 있는 사서나 문집을 찾으면 될 일이었다. 이렇게 방향을 잡자 일은 순식간에 수십분의 일로 줄었다. 나라에서 편찬한 정사라면 이미 한국의 사학자들이 다 섭렵했을 터이고 그렇다면 박 교수 역시 그 문구를 보지 못했을 리가 없다는 게 정서의 판단이었다.

정서는 다음날 점심시간이 지나 시에허 교수의 연구실로 갔다.

「성과는 있으셨습니까?」

시에허 교수는 궁금했는지 정서의 기색을 살피며 물었다. 정서는 낙담한 얼굴로 고개를 저었다.

「어쨌든 이제는 교수님이 소장하고 있는 자료들을 좀 보았으면 하는데요.」

「아니, 벌써 그 많은 자료를 다 살펴보았다는 말입니까?」

「네.」

시에허 교수는 놀라움을 감추지 못한 채 자신이 소장한 책을 한 권 한 권 뽑아 정서에게 내주었다.

「이건 여기서 읽어야 하겠군요.」

「네. 워낙 귀중한 것들이라.」

정서는 연구실 한편에 놓인 책상에 앉아 시에허 교수가 내준 책들을 꼼꼼히 읽어 나가기 시작했다. 시에허 교수는 강의가 있을 때를 빼곤 정서의 곁에 와서 나름대로 도움을 주려고도 했고 은원이 몰두했던 부분에 대해 알려주기도 했다. 하지만 어디에서도 그 문구의 원전으로 간주될 만한 자료는 눈에 띄지 않았다.

「정말 놀라울 정도로 집중하는군요.」

시에허 교수는 강의에 나갔다 돌아올 때마다 정서가 자리 한 번 고치지 않고 꼿꼿하게 앉아 자료를 살펴 나가는 걸 보고는 탄성을 터뜨렸다. 시에허 교수가 소장하고 있는 자료 중에는 개인의 문집이 많아 새 책을 펼칠 때마다 정서에게 기대를 갖게 해주었지만 동국 문구의 원전은 나타나지 않았고 정서는 차츰 회의를 느꼈다.

만약 시에허 교수가 은원의 신뢰를 얻지 못했다면 자신에게 준 목록도 믿을 것이 못 된다는 생각이 들기 시작하자 정서는 뭔가 변화를 주어야겠다고 생각했다.

곰곰이 생각하던 정서는 다음날 시에허 교수와 학교 식당에서 점심을 먹으며 넌지시 한국으로 돌아가겠다는 의사를 밝혔다.

「짐작하셨을지 모르겠는데, 사실 저는 연구도 연구지만 한 교수가 일본에서 실종된 이유가 혹시 여기 중국에 있지 않나 알고 싶어 이리 왔습니다. 그간 도서관과 시에허 교수님의 연구실에서 뭔가 발견할 수 있을까 했지만 이젠 손을 들어야 할 것 같군요.」

「한국에 연락은 해보았나요? 한 교수가 돌아왔다는 소식은 없어요?」

「없어요. 분명 여기 중국에서 뭔가가 시작돼 일본에서 일을 당한 것 같은데 어떻게 알아볼 방법이 없네요.」

「그것 참!」

「교수님의 소장 자료도 다 살폈고 이제 학교에는 더 이상 올 일이 없을 듯합니다.」

「돌아가시게요?」

「이제 달리 해볼 일이 없으니…….」

시에허는 정서를 위로했다.

「본인 자의로 일본에 간 걸 보면 큰일은 없을 겁니다.」

정서는 유심히 시에허의 반응을 살폈지만 그의 표정에는 시종 아무 변화도 없었다.

「떠나기 전에 한 번 더 들르겠습니다.」

정서는 시에허 교수와 헤어져 학교를 나오면서 곰곰이 생각해보았다.

그간 은원이 묵었던 호텔에 묵으며 직원들과 주변의 상인들을 꼼꼼히 탐문했고, 시에허 교수를 만나 연구물을 살펴보기도 했다. 자신이 해볼 수 있는 일은 다 해본 셈이었다.

몇 번이나 되풀이해 생각해도 놓치고 빠트린 일이 없었다. 그러다 문득 학교를 찾아왔던 첫날 웃으며 자신을 사학과 아메이라는 여교수의 조교라고 말하던 여학생을 떠올렸다. 그녀는 은원이 자신의 교수와 가끔 어울렸다고 했었다.

정서는 급히 발길을 돌려 인문관의 아메이 교수 방으로 갔다.

「호호, 오셨네요.」

조교는 문을 두드리고 연구실로 들어선 정서를 한눈에 알아보고는 반갑게 맞아주었다.

「교수님은 금방 들어오실 거예요.」

「한은원 교수가 아메이 교수님과도 같이 작업을 하셨나요?」

「아니, 식사만 가끔 하셨어요.」

조교의 답변은 약간 실망스러웠다. 이때 문이 열리며 사십대 초반의 아담한 용모를 한 여자가 들어서자 조교는 인사를 하고 자리를 비켰다.

「한 교수님이 보내신 분인가요?」

「네? 네.」

「그렇잖아도 오실 때가 됐는데 했어요.」

뜻밖의 반응에 정서는 두근거리는 가슴으로 물었다.

「한 교수가 제가 올 거라고 했었나 보죠?」

「혹시 모른다고 했어요. 한국 배우 장동건을 닮은 잘생긴 분이 찾아올 거라고 해서 설마 했는데 빈말이 아니었네요. 호호.」

「하하하.」

「그런데 시에허 교수님을 아까 만났는데 아무 말씀 없으셨는데…….」

「예?」

「시에허 교수님 말씀 듣고 오신 거 아닌가요? 장동건을 닮은 한국분이 한 교수를 찾아오면 제 방에 잠깐 다녀가시라고 부탁했었는데.」

이로써 은원이 시에허 교수를 경계한 건 확실해진 셈이었다.

「아니요. 저는 그냥 이곳에 오던 날 우연히 조교를 만나 교수님께서 한 교수와 친하게 지내셨다는 이야기를 듣고 한번 뵙고 싶어서 찾아왔습니다.」

「그래요? 시에허 교수님이 깜빡 잊으셨나? 아무튼 그 책 때문에 오신 거겠죠?」

「예? 아, 예.」

정서는 순간적으로 은원이 아메이에게 자신이 이곳으로 올지 모른다고 했다면 뭔가 메모를 남겨두었을지도 모른다는 생각이 들었다.

「잠깐만요.」

아메이 교수는 일어나 서가에서 낡은 책 한 권을 꺼내왔다. 그리고는 책 페이지를 넘기더니 정서에게 한 문장을 손가락으로 짚어주었다. 거기에는 가늘게 밑줄이 그어져 있었다.

「이 밑줄은 한 교수가 그은 겁니까?」

「아니, 혹시 잊어버릴까봐 제가 그어두었어요.」

정서의 눈길이 아메이 교수의 손가락 밑으로 파고들었다. 아메이 교수가 손가락을 치우자 짧은 한 행의 글이 완전히 모습을 드러냈다.

한중(漢中)에 든 후 일부 유학자들은 특히 동이(東夷)를 동국(東國)이라 부르기도 했다.

「한 교수가 왜 구태여 이 구절을 보여주라고 했는지는 모르겠어요. 이 구절에 무슨 특별한 뜻이라도 있나 해서 좀 살펴보았지만 달리 떠오르는 게 없더군요.」

문장을 읽은 정서 역시 마찬가지였다.

「글쎄요, 왜 그랬을까요? 이 구절에 무슨 의미가 있다는 얘긴데.」

「그런 것 같아요. 정확히 이 구절 때문인지는 확실하지 않지만 한 교수님이 여기 계실 때 이 책을 빌려줬다고 후한 저녁 대접을 받았어요. 그냥 드렸으면 좋았겠는데 초한의 격전을 상세히 적은 송나라 때의 귀한 책이라 카피만 해드렸지요.」

정서는 책을 들어 처음부터 훑어보았다. 〈초한고(楚漢考)〉라는 제목이 붙은 낡은 책은 시황제의 죽음 이후 진이 멸망하고 초의 항우와 한의 유방이 격전을 치른 후 승리한 유방이 장안으로 수도를 옮기고 문물과 제도를 정비하는 과정을 적은 책이었다.

정서는 곰곰이 생각했다. 마음도 편치 않은 상황에서 쫓기듯 성도를 떠난 은원이 역사의 지식이나 같이 나누자고 이 문장을 보여주라고 한 건 아닐 테고, 그렇다면 여기에는 분명 깊은 뜻이 있을 것이었다.

필시 은원은 자신이 웹하드의 그 구절을 보게 되리라고 믿고 아메이 교수에게 이 구절을 보여주라고 부탁했을 것이다. 만약 그 구절을 보게 되지 않았다면 아마 이곳까지 올 일도 없었을 테니 그건 당연한 일이었다. 은원은 그걸 계산에 넣었을 것이다. 그렇다면 이 문장의 의미는 웹하드의 구절과 연관지어 생각하는 게 옳았다.

동국.

그러고 보니 은원의 웹에서 보았던 문장에도 바로 이 동국이라는 단어가 있었다. 그런 생각을 떠올리자 갑자기 '동국'이라는 글자가 벌떡 일어나 눈앞으로 뚜벅뚜벅 걸어 나오는 것만 같았다. 동국은 틀림없이 두 문장의 매개인자였다.

정서가 물었다.

「여기 있는 이 동국이라는 단어에 무슨 특별한 의미가 있다는 것 같은데요.」

「글쎄요.」

아메이 교수는 고개를 갸웃거리며 자세히 문장을 들여다보았다. 정서 역시 다시 한 번 한 자 한 자 읽어가며 의미를 곱씹었다. 웹하드의 구절을 읽었을 때 가장 궁금했던 건 누가 그 문장의 주인인가 하는 것이었다. 그리고 지금 이 문장을 보면 한중에 든 일부 유학자들이 동이를 동국으로 불렀다고 한다. 갑자기 정서의 머리를 탁 때리는 생각이 있었다.

「여기서 말하는 유학자 중의 한 사람이 아닐까? 그 문장의 저자는?」

정서가 자기도 모르게 혼잣말을 했다.

「네?」

「아니, 혼자 생각입니다. 그런데 여기 한중으로 들었다는 건 무슨 뜻입니까?」

「원래 진나라의 수도는 함양이었어요. 하지만 유방은 항우를 꺾고 나자 수도를 옮겨 장안에 세웠어요. 장안 부근을 한중이라고 해요. 그들은 이 한중이 대륙의 중앙이라 생각했고 중국이라는 개념이 사실상 이때로부터 시작되는 거지요. 그래서 남만이니 북적이니 서융이니 동이니 하는 말들이 생겨났지만 동이는 다른 변방민족에 비해 특히 문물이 뛰어나 일부 학자들은 동국이라 불렀다는 거지요.」

「한중에 든 일부 유학자들은 그럼 한대(漢代)의 학자들인가요?」

「네.」

정서는 거듭 물었다.

「누군가 자신의 글에서 동국이라는 말을 썼다면 이 사람 역시 한대의 사람이라고 보면 되겠군요.」

「네. 정확해요.」

정서는 가방에서 노트를 꺼내 웹하드의 문장을 펼쳤다.

「이런 글이 있는데 원전이 무엇인지 찾을 수 없습니다. 혹시 본 적이 없습니까?」

아메이 교수는 입속으로 몇 번 읽어보다 고개를 가로저었다.

「이 사람은 동국이라는 말을 쓰고 있으니 한대의 사람으로 볼 수 있습니까?」

「물론입니다. 동국이란 명칭은 한대에 즐겨 쓰이다 위진남북조(魏晋南北朝)나 오호십육국(五胡十六國) 시대에 들어서는 완전히 없어져요.」

「그럼 이 글의 원전을 찾으려면 한대 학자들의 저서를 집중적으로 보아야 하겠군요.」

「네. 시대마다 글의 특색이 있어요. 이 사람은 짧은 문장을 쓰는데도 감탄사를 많이 집어넣었군요. 이런 문장 스타일은 한문의 어휘가 많이 늘어나고 문장가들이 글의 멋을 부리기 시작할 때 유행했어요. 느낌으로는 한대 말기, 후한의 사람 같은데요.」

「구체적으로 누구인지 알 수 있는 방법은 없을까요?」

「한 개인이 감회를 토로한 거라 알고 있는 사람이 없을 거예요. 이 시대 문장가들의 책을 꼼꼼히 읽으며 비교하는 방법밖에 없어요.」

「보통 일이 아니군요. 이 구절을 쓴 사람을 찾아야 하는데.」

「그렇게 큰일도 아니에요. 동국이라는 호칭을 쓰고 이 정도로 멋을 즐기는 글을 쓴 사람이 그리 많지는 않으니까요.」

「그런가요?」

「기다려보세요.」

아메이 교수는 꼼꼼히 책장을 살피며 이곳저곳에서 책을 뽑아내더니 모두 여섯 권의 책을 정서에게 건네주었다.

「후한의 문집들인데, 이 가운데 있을 가능성이 커요. 가져가서 보셔도 돼요.」

「고맙습니다.」

정서는 책을 가방에 넣고는 바로 아메이 교수의 방을 나왔다.

왕부

서둘러 호텔로 돌아온 정서는 방문을 걸어 잠그고 샤워를 한 뒤 본격적으로 책을 살펴볼 준비를 했다. 아메이 교수 말에 따르자면 은원은 자신이 중국으로 올지도 모른다고 기대하고 있었다는 이야기였다. 따라서 그녀는 남의 눈을 피해가며 어떻게든 자신의 행적을 알려주려 노력하고 있다는 추론이 가능했다.

정서는 아메이 교수가 빌려준 책 가운데 가장 먼저 〈원가집성〉이란 제목의 책을 집어들었다. 한대의 시가를 모은 일종의 시가집인 〈원가집성〉을 정서는 처음부터 끝까지 한 줄도 빠뜨리지 않고 다 읽었다.

다음 책인 〈혼방유취〉는 한대의 생활풍습과 시집 장가 가는 법도를 기술한 책이었지만 정서는 역시 빠짐없이 읽어 나갔다. 그러던 중 다섯 번째 집어든 〈지명원류고(地名源流考)〉란 책의 첫 페이지를 여는 순간 정서의 예민한 감각이 반응하기 시작했다.

〈지명원류고〉는 한대의 여러 지명의 기원을 좇아가는 책이었는데 저자는 첫 문장부터 감탄조로 시작하고 있었다. 한눈에 보기에도 그것은 눈에 익은 문체였다. 웹하드 속 문장 역시 짧은 글이지만 감탄사가 많이 들어가 있어 글의 느낌이 아주 비슷했던 것이다. 또한 저자가 높은 곳에서 세상의 이치를 내려다보는 도인과 같은 문투로 서두를 시작하고 있는 것도 그 문장과 맥을 같이하는 것이었다.

정서는 종이가 뚫어지도록 날카로운 눈빛을 쏟아내며 〈지명원류고〉를 한 장 한 장 넘겼다.

「아!」

책의 중간쯤에 이르자 너무도 익숙한 단어들이 삽시간에 눈으로 빨려들어 왔다. 한국에서 은원의 웹 화면을 통해서 본 문장과 글자 한 자 다르지 않았고, 자신이 굵은 펜으로 또박또박 종이에 옮겨 적어온 바로 그 문장과 완벽하게 일치하는 것이었다.

나는 오성의 집결을 관측하고 기록한 흔적을 보고 동국이 이미 큰 나라를 이루고 있었음을 알 수 있었다. 그로부터 천 년 후 이들의 자손이 주를 찾았으니 그 내력이 중화에 못지않으리라. 놀라운 일이로다! 놀라운 일이로다!

「아아!」

정서의 입에서 다시 한 번 탄성이 새어 나왔다.

드디어 찾아낸 것이었다. 정서는 감격에 겨워 몇 번이나 이 반가운 문장을 읽고 또 읽었다. 잠시 후 정서의 눈길이 드디어 겉표지의 저자명에 가서 멎었다.

왕부(王符).

정서는 왕부라는 이름을 입속으로 몇 번이나 되뇌다 노트에 옮겨 적었다. 감격스럽긴 했지만 이 이름 하나로 모든 일이 끝난 건 아니었다. 은원의 행방을 찾는 일이 남아 있었다. 정서는 계속 책을 읽어 나갔다. 그러나 〈지명원류고〉 어디에서도 은원의 행방을 유추할 수 있을 만한 직접적인 글이나 단어를 찾아낼 수는 없었다.

정서는 책을 덮고 다시 추리를 연결해보았다. 은원이 아메이 교수에게 자신이 오면 전해달라고 부탁한 것은 한 구절의 문장이었고, 그것은 한대의 일부 학자들이 '동국'이라는 호칭을 사용했다는 내력을 담고 있었다.

자신은 아메이 교수의 도움을 받아 그 일부 학자들 중 한 사람인 왕부를 찾아냈고, 왕부는 바로 은원의 컴퓨터에 남아 있던 그 문장을 쓴 사람이었다. 하지만 그 원전인 〈지명원류고〉의 어디에서도 한의 내력에 관한 설명이나 은원의 행방에 대한 힌트를 찾을 수 없었다.

정서는 은원이 자신에게 알리려 하는 은유가 무엇인지 곰곰이 생각해보았다.

'왕부!'

마침내 정서의 예민한 머리가 빠르게 회전하다 멈추었다.

'동국'이라는 매개로 연결돼 있는 두 문장의 주인이 왕부인 것을 보면 은원은 분명 '내 연구의 핵심인물은 왕부'라고 말하고 있었다. 그렇다면 우선 왕부에 대해 알아야 했다.

아침이 되자 정서는 도서관에 가 왕부가 어떤 사람인지 찾아보았다. 그는 후한 시대의 사람으로 고향은 임경이었다. 젊어서 등용되었지만 이내 벼슬을 던지고 낙향해 고향에서 한평생 책을 읽고 많은 저술을 남긴 사람이었다. 정서는 다시 생각을 정리하기 시작했다.

한순간의 판단 착오로 첫걸음을 잘못 내디디면 되돌릴 방법도 시간도 없는 것이었다.

정서는 가능한 상황들을 점검해보다 하나의 결론에 이르렀다. 은원은 틀림없이 '동국의 문장'을 쓴 저자를 좇아 중국에 왔다. 그 책은 〈지명원류고〉이고 그 저자는 왕부이다. 그렇다면 다음 단계는 왕부가 당시 어떤 기록을 보았는가를 알아내는 것이다. 그간 은원은 성도에서 그 작업을 수행하고 있었을 것이다. 그러나 여기서는 그 기록들을 볼 수 없다는 결론에 봉착하고는 일본행을 가장하고 사라졌다. 그럼 어디로 사라진 것인가?

정서는 방향만 제대로 잡으면 앞서 간 은원을 따라잡을 수 있겠다고 생각했다. 그럼 왕부의 흔적이 가장 잘 남아 있는 곳이 어디일까? 마음은 급했지만 지금은 어찌되었건 왕부를 좇는 길이 은원을 좇는 길이었다.

그렇게 생각을 하던 정서는 은원이 일본행을 위장하던 날 최대한의 현금서비스를 받았던 사실을 떠올렸다. 그렇다면 은원은 현금이 필요한 곳, 카드를 쓸 수 없는 곳으로 갔을 가능성이 컸다. 생각이 여기에 이르자 정서의 머리엔 자연스럽게 '오지'가 떠올랐고 다시 뒤따라 떠오르는 지명 하나가 있었다. 임경. 바로 왕부의 고향이었다.

그는 거의 초야에 묻혀 지낸 사람이라 많은 독서를 고향에서 했을 거라는 생각과 오지에 가기 위해 현금서비스를 받았다는 생각이 만난 지점은 바로 임경이었다.

정서는 임경으로 가는 방법을 알아봤다. 임경은 감숙성에 있는 작은 고장이었다. 임경으로 가는 길을 알아본 다음 정서는 마지막으로 한 번 더 고민했다. 불확실한 추리 하나만 믿고 예정에도 없던 길을 떠날 것인가. 고심하던 정서는 마침내 마음을 굳히고 아메이 교수를 찾아가 책을 돌려주었다.

「찾고자 하던 일은 성과가 있었나요?」

「덕분에 공부를 많이 했습니다만 더 이상 동국의 유래에 대해서 알 수는 없었습니다.」

아메이는 큰 의미가 없다는 듯 말했다.

「동국이란 한대에 잠시 썼던 호칭이고 이후로는 고구려, 백제, 신라 등으로, 그 후로는 고려, 조선이라는 호칭을 정확히 썼으니 크게 연구할 가치는 없을 거예요. 조선의 학자들이 드물게 스스로를 동국이라 칭하기는 했지만 한대 이후 중국에서는 그런 호칭을 쓰지 않았어요.」

「여하튼 많은 점에서 감사했습니다.」

「한국에 돌아가 한 교수님을 만나면 안부 전해주세요.」

「그렇게 하겠습니다.」

그 길로 정서는 시에허 교수를 찾아갔다.

「가신다고요?」

「네. 여기서는 한은원 교수가 무슨 일을 했는지 더 이상 알 길이 없군요.」

「한국 역사에서 실종된 3천 년을 찾으려는 의지가 대단한 분입니다. 방증은 많이 있어도 결정적인 증거를 찾지 못해 고심하셨어요.」

「시에허 교수님은 한국 역사의 잃어버린 3천 년을 인정하십니까?」

「물론입니다. 아프리카에서 시작된 인류가 일차적으로 메소포타미아에 머물렀다가 동진을 계속해 인도와 중국으로, 또 한 갈래는 북쪽 길을 걸어 남시베리아와 만주를 거쳐 북미와 중남미로 나갔는데, 이들 중 한반도 부근에 정착한 사람들이 한국인이지요. 중국이 자신들의 역사만 장구하다 주장하지만 사실 그 역사가 시작된 시기는 서로 비슷합니다. 한반도에 세계 고인돌의 70퍼센트가 있다는 사실이 그 오랜 역사와 거대한 문화의 흔적을 보여주는 것 아닙니까?」

시에허의 대답은 앞서와 토씨 하나 틀리지 않았다. 시에허가 이런 논리로 본색을 감추고 한국 학자들을 현혹해왔고 은원도 그를 편하게 생각하고 의지해왔을 거라는 생각이 들자 정서는 그의 양면성에 심한 거부감을 느꼈다. 하지만 겉으론 태연히 고개를 끄덕이며 다시 한 번 물었다.

「그런데 왜 한은원 교수는 시에허 교수님께 간다는 말도 없이 일본으로 가버렸을까요?」

「저도 그 이유를 모르겠습니다. 아마 별것 아니겠지요. 여성들은 가끔 기분에 좌우되는 경우가 있지 않습니까?」

정서는 웃음으로 뒤를 끝내고는 시에허 교수의 연구실을 나왔다.

「제가 공항으로 모셔드리겠습니다.」

「아니, 좀 편하게 시간을 보내다 떠날 테니 신경 쓰지 마십시오. 오히려 그 편이 더 편합니다.」

「알겠습니다. 그럼.」

이제 임경으로 가는 것이다. 오로지 육감 하나로 떠나는 길이었지만 정서는 자신의 판단을 믿었다.

왕가장

정서는 기차를 타고 평량까지 간 다음 거기서부터 임경까지는 택시를 이용하기로 했다.

평량에 도착한 정서는 택시를 대절할까 하다가 생각을 바꾸어 시외버스 터미널로 향했다. 택시를 이용해 조금이라도 시간을 단축할 필요도 있었지만 최대한 은원이 움직였을 만한 동선을 따라가는 것도 중요할 것 같았기 때문이다.

거주이전의 자유가 없는 중국은 어디엘 가나 신분증이 꼭 필요했고, 그러다 보니 아무리 숨기려 해도 외국인이라는 사실이 드러날 수밖에 없었다.

「당신 한국인이군요.」

정서가 자리에 앉자 빈자리가 많은데도 불구하고 구태여 옆자리에 앉아 말을 거는 사람이 있었다. 행투로 보아 물건을 팔려는 장사꾼임이 분명했다. 아마 이 사람은 버스에 타기 전 승강장에서 신분증 제시를 요구받았을 때 옆이나 뒤에서 한국 여권을 제시하는 걸 본 모양이었다.

「네.」

「임경에는 무슨 일로 갑니까?」

「사실 처음 가는 길입니다. 중국을 여행 중인데 그냥 어떤 고장인지 알고 싶어서 무작정 버스를 타는 거예요.」

「허, 팔자가 좋은 분이군요. 임경은 조그만 곳입니다만 삼국지에서 마초가 아버지 마등을 죽인 조조에게 복수를 하기 위해 군사를 일으켰던 곳이지요.」

「선생은 뭘 하십니까?」

「나요? 나는 약재 장사를 해요. 우리 왕씨들은 오랜 옛날부터 약초에 밝지요. 임경이 볼 건 하나도 없지만 약재 하나만은 알아주니까요.」

그가 자신이 지금 찾아가는 왕부와 같은 왕씨라는 말에 정서가 물었다.

「왕씨입니까?」

「그래요. 나는 왕상극이라 해요. 노형은요?」

「나는 이정서입니다.」

「이씨라? 허, 과거를 따져서야 안 될 일이지만 최초의 이씨는 우리 왕씨 가문에 종사하던 성씨라고 하더군요.」

정서는 중국인의 우월감인가 하는 생각을 잠깐 했으나, 처음 듣는 얘기라 흥미가 생겼다.

「이씨의 유래가 그런 것입니까?」

「사실 나야 잘 모르지만 그렇다고들 해요. 우리 아득한 조상이 바로 그 성씨를 연구하는 분이었거든. 중국 제일의 성씨 전문가요. 물론 학문도 뛰어났다고 하지만.」

「그러면 모든 성씨가 다 뜻이 있고 유래가 있습니까?」

「모든 성씨의 뜻을 누가 다 알겠소만 궁금한 게 있으면 왕가장에 내려 물어봐요. 내 먼 형뻘 되는 왕학전이가 그런 걸 좀 아는 편이요.」

「왕가장? 거기는 왕씨들이 모여 사는 곳 같은데요.」

「그럼. 죄다 왕씨요. 무식한 팽가 놈들도 몇몇 섞여 살긴 하지만.」

정서는 혹시나 싶어서 물었다.

「그럼 혹시 왕부라는 분을 아십니까?」

「아다마다. 지금 얘기하는 그 성씨 전문가가 바로 우리 조상님 왕부 어른이오. 임경에서야 그분 모르는 사람이 없지요. 왕씨들이 여기서 얼마나 살아왔는데요. 그래서 마을 이름도 왕가장이오.」

정서는 왕상극과 애기를 나누다 보니 다시 한 번 자신의 판단이 옳았다는 확신이 들기 시작했다. 듣고 보니 왕부는 성씨에도 조예가 깊었던 모양이었다.

어려서부터 자신의 성씨인 한의 정체성에 깊은 관심을 가지고 있던 은원으로서는 모든 성씨의 유래를 연구했었다는 이 사람, 왕부를 찾아올 동기가 하나 더 있었던 셈이었다.

「그런 줄은 몰랐어요. 모든 성씨가 다 뜻이 있고 유래가 확실한지는.」

「나도 모르지요. 왕부 어른 같은 훌륭한 조상이 계시니까 그런가 보다 하는 거지요.」

「대단한 분인 모양이군요. 그러고 보니 그분이 지명의 유래에 대해 쓴 책을 본 적이 있는 것 같습니다.」

「그래요? 성씨만 아니라 지명도 연구하셨나? 하긴 당대 최고의 학자지만 벼슬을 안 하셨다니까 이런저런 연구를 많이 하셨겠지. 우리 동네에 가면 당시 사람들이 왕부 할아버지를 기리는 송덕비도 있어요. 하여튼 그 당시에는 요 옆의 임경 사람들은 물론이고 온 천하 사람들이 이 세상 아무도 모르는 글자 한 자를 가지고 이 먼 왕가장까지 왔다니까. 그런데 한국 양반, 내게 백년 묵은 하수오 한 뿌리가 있는데 안 살래요? 싸게 드릴 테니까 사요. 이런 기회가 잘 오는 게 아니거든.」

정서는 웃는 얼굴로 고개를 가로저으면서 선반 위의 가방에서 홍삼 한 상자를 꺼냈다.

「실은 제가 왕부 어른의 흔적을 찾아가는 중이거든요. 이거 미안하지만 그 왕학전이라는 분한테 드리세요. 찾아 뵙고 말씀을 좀 전해 듣고 싶다고 부탁도 해주시고요.」

「가만, 이거 고려인삼이군요. 허, 이걸 그 형한테 다 갖다 준다? 그건 내가 어딘지 억울한 기분이 드는데.」

정서는 다시 한 상자를 꺼냈다.

「그건 그분께 드리고 왕 선생은 이걸 가지세요.」

왕상극은 손을 내저었다.

「아니, 됐어요. 내가 그냥 해본 말이오.」

정서는 굳이 상자를 밀어주었다. 말은 그랬지만 홍삼 상자를 바라보는 그의 눈이 예사롭지 않음을 이미 봐두었기 때문이었다.

「허, 참! 고맙소. 내가 하수오를 팔려다 횡재를 했구먼. 그러면 아예 오늘 왕가장에서 내려요. 임경까지 갔다 다시 오느니 그러는 게 편해요. 어차피 임경에 도착하면 밤이라 저녁 먹고 자는 일밖에 없을 테니까.」

안 그래도 정서는 왕씨들의 집성촌인 왕가장에서 내리는 게 낫겠다고 생각하던 터였다.

「그럼, 그럴까요.」

「오늘 여관에서 자고 내게 내일 전화를 해요. 나는 이 길로 왕학전한테 가서 한국 양반 선물을 전할 테니까.」

「알겠습니다.」

버스는 제법 오래 달려 왕가장에 도착했다.

「그럼 내일 내게 전화해요. 나는 바로 그 집으로 갈 테니까.

그나저나 인삼은 참 고맙소. 참, 그리고 여관은 여기서 왼쪽으로 한 150미터 걸어가면 호화반점이라고 있어요. 거기에 묵는 게 좋을 거요.」

왕상극이 가르쳐준 대로 걸어가자 과연 조그만 여관이 나왔다. 별로 마음에 드는 곳은 아니었지만 마을의 규모로 보아 달리 나은 여관 같은 게 있을 것 같지 않아 정서는 그냥 안으로 들어갔다. 방을 정하고 숙박비를 지불하기 위해 혹시나 하고 카드를 내밀자 주인은 손을 내저었다.

「신용카드는 안 받아요.」

「다른 여관에서도 안 받습니까?」

「여기는 여관이든 식당이든 신용카드를 받는 데가 없어요.」

역시 제대로 찾아왔던 것이다. 은원이 신용카드로 최대한 현금서비스를 받았던 건 바로 이런 고장에 오기 위한 준비였다는 정서의 판단은 맞았다. 정서는 현금으로 방값을 치렀다.

「인터넷은 어떻게 합니까?」

「여기는 인터넷이 되지 않아요.」

「전화선에 연결해 모뎀을 사용하는 데도 없어요?」

「무슨 말인지 모르겠지만 좌우간 인터넷도 안 되고 컴퓨터를 가진 사람도 없어요.」

정서는 회심의 미소를 지었다. 하나의 지구촌이라고는 하지만 세계 인구의 삼분의 일이 아직 전화 한 번 써보지 못했을 만큼 격차가 심한 것 역시 이 지구촌의 한쪽 모습이었다.

일층의 식당에서 늦은 저녁식사를 하고 정서는 바로 눈을 붙였다. 내일부터는 정말 바삐 움직여야 할 것이기에.

아침에 잠을 깬 정서는 여관의 창을 통해 중국 내륙 험지의 풍광을 한눈에 살필 수 있었다. 경사가 급한 산으로 사방이 둘러싸인 이 작은 마을은 지세가 험해 수천 년 전이나 지금이나 별로 변화가 있을 것 같지 않았다. 정서는 시간을 기다렸다가 왕상극에게 전화를 걸었다.

「아, 이 형. 어제 인삼 상자를 왕학전에게 전달했어요. 지금 같이 갑시다. 왕학전이 기다리고 있을 거요.」

왕상극은 이내 자동차를 타고 여관으로 왔다.

「이 동네에는 자동차가 세 대밖에 없어요. 그중 한 대를 내가 가지고 있지요.」

왕상극은 자동차를 가졌다는 사실이 무척 자랑스러운 모양인지 왕학전의 집으로 가는 내내 차 얘기를 해댔다. 자동차는 비포장길을 한참 달려 한 마을에 도착했다. 그는 자동차를 마을 어귀의 길 한가운데 세우고는 웃었다.

「하루 종일 지나가는 차가 없으니 길에 세워도 돼요.」

정서는 그의 자동차 자랑이 조금 지나치다고 생각했지만 사람이 천성이 좋아 보여 그런지 별로 미운 생각은 들지 않았다.

「그런데 이 형, 일행이 있어요?」

「아니, 왜요?」

「어젯밤에 군이 이리 와서 왕학전에게 이 형 얘기를 했더니 왕학전이 일행을 알고 있다고 하던데.」

「내 일행이요?」

「예. 한국인 여자가 최근에 찾아온 적이 있다던데요.」

아, 은원이구나!

정서는 아직까지 은원이 안전하다는 사실에 안도의 한숨을 토해냈다.

「여기 한국인이 가끔 옵니까?」

「글쎄요. 평량까지라면 몰라도 여기서는 일년에 한 명도 보기 힘들죠. 」

「좁은 고장이라 여기 한국인이 나타나면 금방 알려지겠는데요.」

「아무래도 알려지지요. 여자 혼자라면 더더군다나 다 알게 돼요. 왕학전은 여자가 혼자 찾아왔다고 하던데. 참 대단한 여자예요. 혼자서 어떻게 이런 데까지 왔을까? 그나저나 그 여자가 이 형의 일행은 맞아요?」

「왕 선생은 그 한국인 여자 본 적이 없어요?」

「나는 오랫동안 북경에 가 있어서 요즘 여기 일은 잘 몰라요. 그런데 그 여자분은 누구요? 부인이오?」

「아니, 친굽니다.」

「친구? 남녀간에 무슨 친구요?」

「대학에서 같이 공부를 해요.」

「그래도 한국에서 이렇게 멀리까지 같이 왔으면 보통 사이는 아닐 텐데.」

왕상극은 말 안 해도 다 알겠다는 듯 소리 없이 웃었다. 정서도 따라 웃는 수밖에 없었다.

왕부의 서책

「자, 여기요.」

차를 댈 때부터 두 사람을 따라오던 아이들 몇이 앞장서 뛰어갔다. 자동차를 탄 사람들이 동네에 찾아왔다는 사실만으로도 아이들은 즐거워 보였다.

「형, 손님 왔소.」

사십대 중반으로 보이는 집주인이 마당에 있다 문을 향해 걸어 나왔다. 약간 마른 얼굴에 피부는 검었으나 인중이 넓고 눈매가 선해 보였다.

「어서 오세요. 왕학전이라 합니다.」

「네, 저는 이정서입니다.」

「동생을 통해 보내주신 선물은 잘 받았습니다.」

「별것 아니라 인사를 받기가 송구합니다.」

세 사람은 방으로 들어갔다. 왕학전은 이미 술자리를 봐놓고 있었다. 왕학전의 아내 역시 수십 년을 두고 햇볕에 그을린데다 중국 여자 특유의 거센 기운이 느껴졌지만 부드럽게 웃으며 정서를 맞았다.

「이 지방은 손님이 오면 아침부터 술을 마신답니다. 이 술은 이 지방 특산의 검붉은 수수로 만든 고량주인데 술맛이 담백해 외지에서도 사러 오지요. 자, 한잔 합시다.」

왕학전은 두 사람에게 잔을 따라준 후 먼저 홀짝 마셨다. 정서도 그를 따라 술을 털어 넣었는데 빈속에 울컥 올라오는 게 보통 독한 술이 아니었다. 정서는 얼른 젓가락으로 오리 고기를 한 점 집어 먹었다.

「자, 건배!」

이번에는 왕상극이 다시 한 잔 털어 넣고 정서도 답례로 잔을 권하다 보니 이내 얼근히 취하게 되었다.

「일전에 한 교수님이 찾아주어서 고마웠는데 오늘은 이 박사님이 찾아주셨군요. 정말 고마운 일입니다.」

왕학전은 시골사람이었지만 예를 중시하는 사람으로 보였다.

「방해가 되지나 않는지 모르겠습니다.」

「우리 중국의 왕씨는 본이 많지요. 하지만 여기 임경 왕씨가 그중에서도 가장 오랜 내력을 가지고 있어요.」

정서는 고개를 끄덕였다.

「우리 왕씨는 학자가 많은 집안이나 지난 60년대의 문화혁명 때 왕씨 지식인들이 이주를 당하고 따라서 직업을 많이 바꾸었어요. 그래서 이제는 여기 왕가장에서도 우리 왕부 어른 제사를 모시는 사람이 없게 되었어요. 변변치는 못하나 제가 족보를 지키고 있습니다.」

이야기 하나를 마칠 때마다 왕상극이 건배를 외치는 통에 정서는 벌써 술을 십여 잔 걸치게 되었다. 손님을 중하게 대접하는 습성이나 예의를 중시하는 왕학전의 언행으로 보아 비록 시골에 있지만 그는 뼈대 있는 집안의 후손으로서 매우 강한 자부심을 지니고 있는 듯했다.

「한 교수는 언제 여기 왔다 갔습니까?」

「지난 8월 말이던가 9월 초였어요. 금년엔 늦더위가 심해 그때까지도 걸으면 땀이 줄줄 흘렀지요. 해를 가리기 위해 모자를 쓰고 나타났는데, 미인이더군요. 여기 여자들은 모자를 쓰면 오히려 인물을 망치지요. 어차피 별로 인물들도 없지만요. 우리 집에서 삼 일간 계셨는데 우리말을 아주 유창하게 했어요.」

표정으로 보아 왕학전은 은원에게 좋은 인상을 가지고 있었다.

「왕부 선생을 찾아왔던가요?」

「네. 공부를 아주 깊고 넓게 하는 분이었어요. 모르는 게 없어 오히려 제가 배웠지요. 저는 깜짝 놀랐답니다. 제사를 모시고 있는 저보다 한국인이 우리 집안 어른을 더 잘 알고 있다는 사실을 믿을 수가 없었어요.」

「그랬군요. 그런데 한 교수가 특별히 찾아보던 게 없었나요?」

「왕부 어른과 관련된 거라면 뭐든지 보려 들었어요. 좀 서두르는 것 같은 기분이 들긴 했지만 아무래도 한국에서 오셨으니 일정이 편하지 않을 거란 생각은 했지요. 혹 왕부 어른이 보시던 책의 목록 같은 게 있느냐고 묻던 게 기억에 남는군요.」

「대답을 해주셨어요?」

「목록 같은 건 없었어요. 다만 후손의 문집에 가끔 집에는 무슨 책이 있는데 몇 대조 어른인 왕부 어른이 보시던 책이라고 부분적으로 소개하고 있다고 대답을 해드렸어요. 그랬더니 이 집에 있는 문집은 다 읽고 떠나셨어요.」

「혹시 전해오는 책이나 문집 중에 천문이 어떻고 별자리가 어떻고 하는 기록을 보신 적은 없습니까?」

「사실 저는 우리 어른이 당시 위명을 떨쳤던 학자인 것이나 알았지 그 내용이 어떤 건지는 잘 알지 못합니다. 문화혁명 전까지는 그래도 우리 왕씨들 중에 지식인이나 학자가 많았지만 다 이주를 당해 이제는 농사나 짓던 우리 집이 제사를 지내고 있으니 한심하기는 합니다. 이래선 안 되겠다는 생각에 제가 십 년 전부터는 집안의 문집도 좀 읽고는 있습니다만 그 세세한 내력은 알 수가 없습니다.」

정서는 그럴 만하다고 생각했다.

「아쉽군요. 그분이 어떤 자료를 탐독했고 어떤 이야기를 채록

했는지가 그분 연구에 참 중요한데요.」

「원래 우리 왕씨 집안에는 줄을 이어 학자가 나와 소장하고 있던 많은 책이 분실되거나 국가에 헌납되었어도 갖가지 문집이 있어 참고가 될 수 있었는데…….」

왕학전은 아쉬운 탄식을 토해냈다.

「한 교수가 그런 문집들을 만족스러울 만큼 보았을까요?」

「실망스러우셨을 거예요. 수많은 문집이 다른 집안으로도 흘러나갔고 집안의 학자들이 타 지방으로 이주당할 때 가져간 것들도 많으니까요. 더군다나 북경에서 관리들이 내려와 자꾸 거둬가니 큰 도움은 되지 못했을 거예요.」

「북경에서 관리들이 옵니까?」

「그럼요. 요즘은 더 자주 와요. 처음에는, 그게 아마 칠팔 년 전일 겁니다. 2001년인가 2002년에 북경에서 왕부 연구의 일인자라는 평타오 박사라는 사람이 관리들을 대거 데리고 찾아와 중요한 자료들은 이미 다 걷어 갔어요. 임경의 왕씨들은 나중에 국가 헌납 각서를 써주었고 약간의 포상금은 받았지요. 나는 끝까지 반대했지만 다른 왕씨 자손들이 관리를 데리고 와 죄다 가르쳐주는 바람에 어떻게 숨겨볼 수도 없었어요.」

「평타오 박사요?」

「네. 전문가라 하더군요. 키가 작고 여위어 꼭 어린아이같이 생긴 사람이 금테 안경을 쓰고 꽤 깐깐하게 굴더군요.」

정서는 고개를 끄덕이곤 물었다.

「지금 한 교수가 어디 있는지 혹시 짐작이 되십니까? 아직 임경 관내에 있을까요?」

「그때 내게 오셨을 때 임경 부근의 열여섯 개 마을을 다 돌아보실 참이라 했는데 떠나신 후로는 모르지요.」

「혹시 지도가 있습니까?」

「무슨 지도요?」

「임경 부근의 마을이 나와 있는 지도를 보면 한 교수가 어떤 경로로 움직이는지 알 수 있을 것 같은데요.」

왕상극이 술잔을 입에서 떼며 자신 있게 말했다.

「그건 염려 말아요. 내가 약도를 그릴 수 있으니까.」

왕상극의 약도를 보니 왕가장은 임경의 남동쪽에 있었다.

「만약 아직 임경 관내에 있다면 한 교수는 여기 왕가장에서 볼 때 시계 방향으로 움직이거나 반대 방향으로 움직이거나 하고 있을 겁니다. 그러니 요 다음 마을 하나만 찾아가 확인하면 한 교수가 어느 방향으로 갔는지 짐작할 수 있을 겁니다.」

왕상극이 고개를 끄덕였다.

「그렇네요. 그런데 두 분은 만나기로 약속을 하거나 하지는 않았나 보지요?」

「원래는 성도에 있을 걸로 알고 찾아왔는데 메모를 남겨두고 임경으로 갔더군요.」

이때였다. 어린아이들 한 무리가 몰려와서는 서로 앞장서며 왕상극에게 말했다.

「아저씨, 공안들이 왔어요. 차를 치우래요.」

「공안이?」

「네. 차도 몇 대나 왔어요.」

「여기 공안들이 왜 와?」

「지난번처럼 북경에서 관리가 온 것 같아요. 공안들이 북경 관리 북경 관리 하던데요.」

「북경에서 왔다고! 빌어먹을 놈들, 또 문집이나 책을 훑으러 왔군요.」

왕상극이 차를 빼러 나가자 왕학전이 짜증스러운 표정을 지었다.

「삼대공정이니 뭐니 하면서부터는 부쩍 자주 내려와요. 그러니 한 교수님한테 보여줄 게 씨가 다 말랐던 거죠. 삼대 공정하고 왕부 어른이 도대체 무슨 관계가 있다고.」

정서는 마음이 급해졌다. 만약 은원이 북경 관리와 마주친다면 바로 눈에 띌 것이었다. 그럴 경우 그냥 지나갈 것 같지 않았다. 정서는 취한 중에도 여기서 이럴 때가 아니란 생각으로 자리에서 일어났다.

「괜히 공안들이 들이닥치는 바람에 손님 기분을 불편하게 하고 말았군요.」

「아닙니다. 어차피 일어서려던 참이었어요.」

「동생이 저기 오네요. 그럼 잘 가십시오.」

정서가 일어나자 왕학전의 부인도 나와서 인사를 했다.

「한 교수님을 만나시면 저도 안부 전하더라고 전해주세요.」

「물론입니다.」

왕상극이 투덜거리며 말했다.

「개자식들, 또 사람들을 회관에 모이라네. 옛날 책 찾아오면 돈 주겠다는 거지. 형, 그런데 이번에는 돈을 꽤 많이 준다는 거 같아요.」

「장사꾼 뺨치는 그놈들도 문제지만 돈 서푼에 조상의 얼을 파는 쌍놈들이 더 나빠! 자, 어서 이 선생님 모시고 가! 괜히 왕부 어른 연구하러 오셨다면 공안 놈들이 시비 걸지 모르니까.」

왕상극이 싱글거리며 정서에게 물었다.

「한숨 안 자고 가도 괜찮겠소?」

「아니, 괜찮아요.」

「흐흐, 취했을걸요. 나야 주량이 한도 없는 사람이지만 보통 사람에게는 상당히 취하는 양이니까.」

「나는 괜찮아요. 그런데 빨리 한 교수를 찾아야 하는데 좀 도와줘요. 자동차가 없으면 꼼짝도 못할 곳이라서. 사례는 할 테니.」

왕학전이 나섰다.

「상극아, 네가 애를 좀 써다오. 어쨌거나 우리 집안을 연구하시는 분들이잖니?」

「염려 마세요. 이미 저도 도와드려야 하겠다고 마음을 먹고 있던 참이에요. 먼저 산 너머 탕페이 마을부터 갈 작정이에요.」

왕상극이 운전석 쪽으로 걸어가고 부인도 마당으로 걸어 들어가자 왕학전은 그때서야 생각났다는 듯 정서에게 말했다.

「아, 그리고 임경에 가면 왕자방이라고 하는 내 친구도 한번 찾아가 보세요.」

「누군데요?」

「지금은 운수업을 하는 친군데 대대로 학자 집안이라 자료가 좀 있을 듯해서 한 교수에게도 들러보라 그랬어요. 택시 운전사들에게 물으면 바로 가르쳐줄 겁니다.」

「이 형, 어서 타요. 형님, 그럼 갑니다.」

왕상극이 백미러로 두 사람을 보며 소리치자 왕학전은 정서의 등을 떠밀었다.

「자, 어서 가보세요.」

정서는 왕학전에게 손을 내밀었고 두 사람은 굳은 악수를 나누었다. 왕학전의 배웅을 뒤로하고 차가 출발하자 정서는 얼마 지나지 않아 차 안에서 잠이 들어버렸다.

남겨진 메모

왕상극은 자동차를 시계 방향으로 몰아 탕페이 마을로 갔다. 비교적 학식이 있다는 유지를 찾아가 은원의 행방을 묻자 그는 바로 대답을 해주었다.

「한국인 여자? 암, 여기 왔었어. 왕부 어른 연구를 한다고 했지.」

「다음엔 어디로 간다고 하던가요?」

「임경에서 출발해 왕가장에 들렀다 이리 온 거 같았어.」

「그래요? 그럼 임경에서 출발해 시계 방향으로 돌고 있다는 얘기네요. 이 형, 우리는 거꾸로 가야겠어요. 그동안 날짜가 많이 지났으니 거꾸로 가야 만날 수 있겠네요. 아니면 벌써 다 돌고 임경을 떠났으려나?」

정서가 유지에게 물었다.

「그분은 여기 오래 머물렀나요?」

「아니, 오래 머무르지 않고 갔어. 난 보여줄 게 없었거든. 이

봐, 조카. 책자든 편지든 북경의 관리들이 다 가져가지 않았나? 참 미안하더군. 그때 왜 생각도 없이 관리들한테 홀랑 다 내줬는지 몰라. 고향에 둘 건 고향에 두어야 하는데.」

「아무것도 못 보여주셨어요?」

「그래. 한 교수님은 내가 미안해 하는 게 안쓰러웠던 모양인지 이웃 마을 왕학전이가 많이 보여줬다고 했어. 인사를 하고 그냥 나가는데 갑자기 탁 떠오르는 게 있지 뭐야.」

유지는 스스로도 대견하다는 듯한 표정을 지었다.

「이 이야기는 아는 사람이 없어. 남들한테 한 적이 없었거든. 사실 할 기회도 없었지. 이 동네에서 누가 문집에 관심이나 가졌나? 널린 게 책이었는데. 하여간 한 교수님한테는 큰 가치가 있었던 것 같아. 아주 흡족해 하면서 갔거든.」

「무슨 얘기였어요?」

정서가 강한 관심을 보이자 유지는 기분이 나는 모양이었다.

「나하고 안식이하고만 알지. 안식이 집안에 내려오는 옛날 문집에 있는 얘기지만 안식이 할아버지는 무식한데다 성질이 괴팍해 마을의 모든 왕씨하고 담을 쌓고 살았으니 다른 사람은 몰라.」

유지는 길게 서두를 뽑았다.

「그 문집은 문혁 때 뿔뿔이 흩어지면서 안식이가 자기 일기장하고 같이 싸서 가지고 갔지. 그 문집에 아주 특이한 얘기가 있어. 나도 어릴 때 안식이가 보여줘서 몇 번 보긴 했는데 글이 어려웠던 기억이 나.」

「특이한 얘기라면요?」

「왕부 어른의 죽음과 관련해서 심상치 않은 이야기가 있었어. 그 문집 제목이 〈유한집(有閑集)〉인데 거기에 나와. 왕부 어른의 손자가 썼다고 했지. 거기에 보면 왕부 어른이 돌아가신 직후 형부에서 감찰관이 나왔다는 기록이 있거든.」

「왕부 어른이 돌아가시자 그 죽음을 조사하는 감찰관이 나왔다는 말씀입니까?」

「그렇지.」

「왜 그랬을까요?」

「안식이 얘기로는 과거 동한 시대에는 지방에 있는 황족이나 제후, 조정의 대신 혹은 순무관이 납득하지 못할 죽음을 당하면 형부에서 감찰관이 나와 조사했다고 하데. 걔가 나이는 어렸어도 똑똑했지.」

「그렇다면 왕부 어른이 살해당했다는 뜻일까요?」

「독살을 당하신 거지. 감찰관이 그렇게 판정하자 황제가 승상에게 사건 조사를 중지하라는 지시를 내렸고, 또 이에 반발한 감찰관을 죽였다는 얘기가 문집에 나와.」

유지의 얘기는 엉뚱했다.

「음모에 의해 독살당했다는 얘기 같은데요.」

「그렇지. 당시 대장군부에서 왕부 어른이 나라의 안녕과 사직을 해친다고 규탄했다는데 그 후 갑자기 돌아가셨거든.」

「혹시 왜 그랬는지는 모르시나요?」

「무슨 책이 문제가 됐다고 했는데…….」

「책이요?」

유지는 자신 없게 고개를 끄덕였다.

「그랬던 거 같아.」

유지는 상세하지는 않지만 특이한 얘기를 들려주었다.

「〈유한집〉 얘기는 재미있게 들었습니다.」

두 사람은 유지와 인사를 나누고 오던 길을 되짚어 돌아갔다. 임경을 지나 한참 달리자 바이허 마을이 나왔다.

「이게 마지막 마을이에요. 한 교수가 왕가장을 떠난 후 나머지 마을을 다 돌았는지 아직 돌고 있는지 여기 들어가보면 알지요. 마침 여기는 글줄깨나 읽은 노인이 한 분 있어요.」

왕상극이 찾아간 노인은 다소 불편한 표정으로 정서를 맞았다. 왕상극은 잠시 집안 얘기를 하다 한 교수의 행방을 물었다.

「왔었지. 떠난 지 닷새 됐나? 임경으로 갔어. 그나저나 저 망할 놈들이 온 마을에 남아 있는 왕씨 집안 문집을 다 내놓으라니, 미친놈들 아냐?」

공안은 왕가장뿐 아니라 바이허 마을에도 왔던 모양이었다.

왕씨 집안의 사람들은 대체로 정부에 대해 불만이 많은 듯했다. 노인은 보이지도 않는 공안들을 향해 욕설을 한바탕 쏟아냈다.

「개자식들! 지네들이 진시황이야? 분서갱유도 아니고 왜 왕부 어른을 못살게 구는 거야? 한 십 년 전부터는 왕씨 마을에 찾아오는 학자도 씨를 말려놓고! 나쁜 놈들 같으니!」

「혹시 한 교수에게 특별히 보여준 왕부 선생의 저술이 있습니까?」

정서의 물음에 노인은 숨을 가라앉히고 의외로 차분하게 대답했다. 맨발에 검게 그을렸지만 그에게서는 몰락한 학자 집안의 뼈대랄까 고집 같은 게 느껴졌다.

「남북조 시대에 쓰인 우리 집안 문집을 한 권 보여드렸지.」

「무슨 내용의 문집인가요?」

「거기에 보면 왕부 어른은 〈씨성본결(氏姓本訣)〉을 쓸 때 가장 애를 먹었다고 하는 내용이 나와. 사람이 성을 얻게 된 내력이라 왕부 어른은 그 당시 세상에 있는 책이란 책은 하나도 안 빼고 다 읽었다더군. 문집에는 이 책을 쓰는 데 고향 사람으로 높은 벼슬을 지냈던 진규라는 분이 큰 도움을 주었다는 얘기도 적혀 있어.」

왕상극이 옆에서 맞장구를 쳤다.

「그렇겠지요. 천하의 성씨 내력을 다 기록하는 게 얼마나 힘든 작업이었겠습니까? 보통 사람이라면 엄두도 못 낼 일이지요.」

「〈씨성본결〉이라는 그 책은 어디에서 구해볼 수 있을까요?」

정서의 물음에 원로는 고개를 저었다.

「〈씨성본결〉은 오랜 세월 금서로 못 박혀 읽는 것도 보관하는 것도 금지돼왔어. 그러다 언제부턴가 완전히 사라졌어. 수백 년 동안 사람들이 필사본이라도 찾아보려고 애를 썼는데 아직까지 한 권도 못 찾았다나 봐.」

금서? 도대체 사람의 성씨를 연구한 책이 왜 금서가 될까? 정서는 이해가 되지 않았다.

「혹시 그 문집을 제게도 좀 보여주실 수 없으신지요.」

「아, 그것도 며칠 전 임경에서 관리가 나와 가져갔어. 문화재 등록을 하고 곧 돌려준다고 했지만 그 개자식들이 돌려주겠어? 내가 없는 사이에 마누라가 내준 모양이야. 에이, 무식한 년!」

노인은 갑자기 감정이 북받치는지 다시 욕설을 내뱉었다. 정서는 촌로와 서둘러 인사를 나누고 자동차에 올랐다.

「이거, 그분은 예상외로 빨리 열여섯 개 마을을 다 도셨네요. 하긴 자료가 없는 집에는 머무를 일이 없을 테니까요. 닷새 전에 여기 왔었다면 이미 여기 임경을 떠났다는 얘긴데요.」

정서는 거의 만날 수도 있었다는 생각에 아쉬움이 남았다.

「이 형, 이제 어떻게 할 거요?」

「한국으로 돌아가야 할 것 같습니다. 한 교수도 한국으로 돌아갔을지도 모르고요.」

「거참, 안됐네요. 여기서 만났으면 극적인 상봉을 하는 건데. 멋있게 말이오. 이 형도 그걸 노리고 여기 왔을 거 아니오? 깜짝 놀래주려고.」

정서는 씁쓸하게 웃었다.

「그럼 임경까지 내가 태워줄게요.」

임경 터미널에 차가 멈추자 왕상극은 주변의 사복 공안들을 살피며 말했다.

「저놈들하고 마주치면 좋을 게 없어요. 혹시 만나더라도 왕부 연구를 한다는 등의 말은 하지 말아요.」

정서는 봉투를 내밀었다.

「이거 참, 이런 건 받으면 안 되는데……. 반만 받을게요.」

왕상극은 봉투에서 돈을 꺼내 반을 지갑에 넣고는 남은 돈을 극구 정서에게 돌려주었다.

「하여튼 안됐네요. 하지만 한국에서 상봉하면 얘깃거리는 더 많을 거요.」

「그간 고마웠어요.」

정서는 악수를 하고 차에서 내렸다. 일단 터미널에 들어간 정서는 버스 노선표를 보았다. 정서는 노선표를 보면서 만약 은원이라면 어떻게 했을까 꼼꼼하게 시간을 체크했다. 한국으로 돌아가야 할 경우 여기서는 온 길을 되짚어 가지 않고 서안으로

가 거기서 북경을 통해 한국으로 돌아가는 게 훨씬 낫겠다는 생각이 들었다. 은원은 과연 한국으로 돌아간 것일까?

정서는 잠시 터미널 한구석 의자에 앉아 생각을 정리해보았다. 분명 은원이 이런 환경에서 왕부의 흔적을 찾아다니며 충분히 소득을 올리고 돌아갔을 것 같지 않았다.

설령 한국으로 돌아갔다고 해서 안심이 되는 것도 아니었다. 아니, 오히려 훨씬 위험할지도 몰랐다. 이제까지는 은원이 중국에 있어서 안전했다고 볼 수도 있었다. 일본행을 가장한 기지로 보이지 않는 적을 따돌렸기 때문이었다. 그러나 한국은 달랐다. 누가 미진을 죽였는지 모르지만 사건은 분명 은원의 연구와 관련되어 있었고, 미진을 죽인 자가 한국에 돌아온 은원을 그냥 둘 리 만무했다.

거기에 생각이 미치자 정서는 휴대폰을 꺼내 전원을 켰다. 다행히 휴대폰이 터지는 지역이었다. 정서는 목 반장의 번호를 눌렀다.

「어, 박사님.」

「네, 이정서예요. 한은원 교수가 한국에 들어갔는지도 모르겠어요. 만약 귀국했으면 어서 연락을 취해 김미진 교수 사건을 알리고 신변 노출을 금지시키세요. 경찰에서 보호를 해야 합니다. 어서 서두르세요.」

「알겠습니다. 지금 어디 계십니까?」

「중국이에요. 지금은 그 일부터 어서 하세요. 급합니다!」

「네.」

목 반장은 서둘러 전화를 끊었다. 정서는 그간이라도 문제가 없었기만을 바라며 초조한 심정으로 자리에 앉아 있었다. 목이 타 음료수를 한 잔 먹고 싶었지만 자꾸 불길한 생각이 들어 몸이 움직여지지 않았다.

자신이 성도에서 조금만 더 일찍 임경을 떠올렸다면 은원을 만날 수 있지 않았을까 하는 자책감도 들었다. 그러나 사실 누가 와도 자신보다 빨리 그 많은 책들을 헤집고 왕부의 고향을 찾아오긴 쉽지 않았을 것이다. 그러나 아니다.

시에허. 이 작자가 아메이 교수의 메모를 제대로 전달만 했더라면 자신은 바로 임경으로 내려왔을 것이었다. 그러나 그건 생각할 필요도 없는 일이었다. 그 작자는 아메이의 메모를 전달하기는커녕 은원과 자신에게 왕부의 존재를 숨기는 데 급급했을 뿐이었다. 만약 은원에게까지 무슨 일이 생긴다면 거기엔 분명 시에허도 한몫했을 것이다. 정말 그런 일이 생긴다면 정서는 시에허에게 잔혹하게 복수하리라 마음먹었다.

「띠리리릭!」

목 반장으로부터 걸려온 전화였다.

「박사님!」

「네.」

「한은원 교수는 아직 국내에 들어오지 않았습니다.」

「아, 그래요? 그럼 공항에 들어오는 즉시 신변 보호를 할 수 있도록 조치를 좀 취해두세요. 지금 이 순간 이후부터 24시간 내내 말입니다.」

「네, 알겠습니다. 김미진 교수 피살사건 용의자 윤곽만 나와도 박사님을 이렇게 힘들게 하지는 않을 텐데요. 죄송합니다.」

「하여튼 한은원 교수 신변은 철저히 보호해주세요. 다시 연락드리겠습니다.」

「알겠습니다.」

정서는 전화를 끊으며 가벼운 한숨을 내쉬었다. 휴대폰을 집어넣고 음료수를 사 몇 모금 마신 뒤 고개를 숙인 채 미진의 살인범에 대해 생각을 하고 있을 때였다. 누군가 어깨를 툭 치는 바람에 정서는 반사적으로 고개를 들었다. 머리가 크고 배가 툭 튀어나온 사십대 사내가 버티고 서 있었다.

「이봐요, 신분증 좀 봅시다.」

「신분증? 누굽니까?」

상대방은 자신의 신분증을 내보였다. 사복 공안이었다. 정서가 여권을 꺼내 건네주자 공안은 이리저리 살피더니 여권을 손에 든 채 물었다

「여긴 왜 왔소?」

「관광 중인데 내일 북경으로 돌아갈 겁니다.」

「관광? 여긴 한국인이 관광 오는 곳은 아닌데.」

정서는 퉁명스럽게 대답했다.

「오지를 골라 둘러보는 게 내 여행 취향이오.」

「여기 오기 전에 들렀던 곳은 어디요?」

「성도요.」

「성도? 왜 거기서 이리 왔지? 취향이 오지든 뭐든 성도에서 이리 왔다는 건 좀 이상한데. 혹시 다른 목적이 있는 건 아니오?」

「남이야 어디를 가든 무슨 상관이오? 한국에서 비행기 표를 그렇게 끊어 왔는데 뭐가 문제란 말이오? 만날 중국으로 관광 오라고 광고하면서 중국 공안은 관광객을 이렇게 대해도 되는 거요?」

정서는 목소리를 높였지만 그 공안은 나온 배만큼이나 연륜이 쌓였던지 정서의 항의에도 움츠러들지 않았다. 오히려 능글맞게 웃으며 대꾸했다.

「관광을 왔는지 무슨 수상한 짓거리를 하려 했는지는 내가 알 방법이 없지 않소? 내가 아는 건 당신이 상당히 수상해 보인다는 거요.」

공안은 정서의 아래위를 훑어보며 물었다.

「직업이 뭐요?」

「연구원이요.」

「연구원? 뭘 연구하는지는 모르겠지만 아무튼 성도에는 왜 갔소?」

「성도대학교에 연구할 게 있어서 갔어요.」

「거기 아는 사람 이름을 대요. 확인 한번 해보게.」

정서는 아차 싶었다. 무의식적으로 대답한 게 실수란 생각이 들었다. 거기에 아는 사람을 대라는 반응이 나올 줄은 생각도 못했던 것이다. 정서는 잠시 생각하다 아메이 교수의 이름을 댔다.

공안은 휴대폰을 꺼내 교환을 통해 아메이 교수를 찾았다. 하지만 교수는 부재중이었다. 공안은 대학을 별로 대수롭지 않게 생각하는지 정서의 이름을 크게 불러가며 교환에게 아는 사람을 찾아내라고 을러댔다.

잠시 후에 저편에 사람이 나왔는지 공안은 정서를 노려보며 의심이 잔뜩 묻어나는 목소리를 전화기 저편으로 실어 보냈다.

「혹시 이정서라는 사람을 알아요?」

「누구? 이정서요? 알아요. 무슨 일이요?」

「여기 임경이오. 나는 임경 공안 저우요.」

「뭐요? 거기 임경이라고?」

전화기 저편의 남자는 시에허였다.

「그 사람 이름이 분명히 이정서라고 했어요?」

「그렇다니까.」

「이 새끼가 어디 대고 반말이야! 나 성도대학교의 당 주임 시에허 교수야!」

당 주임이라는 시에허의 한마디에 공안은 바짝 긴장했다.

「네, 알겠습니다. 주임님.」

「그 사람 바꿔봐.」

공안은 괜히 전화를 걸었다는 표정으로 아까와는 달리 공손하게 전화기를 건네주었다.

「시에허 교수님, 이정서입니다. 공안이 제가 성도에 간 사실을 확인하려고 하는군요. 대답을 좀 해주셨으면 좋겠습니다.」

「한국인이라 그래서 누군가 했더니 이 선생이었군요. 한국에 가신다더니 거기는 왜 갔어요? 혹시 한은원 교수도 거기 같이 계세요?」

시에허의 목소리는 매우 부드러웠지만 그의 표리부동함을 아는 정서에겐 그저 가증스러울 뿐이었다.

「그냥 구경삼아 왔습니다. 공안은 내가 여기 있는 사실 때문이 아니라 성도에 실제로 갔는지를 묻는 거니 그것만 확인해주면 됩니다.」

「틀림없이 한 교수도 같이 있죠? 그분 집념이 대단했는데 갑자기 일본으로 출국한 게 좀 이상하긴 했거든요. 그러고 보니 두 분이서 같이 〈씨성본결〉을 찾으러 간 거군요?」

시에허 교수는 여전히 부드러운 목소리로 물었다.

정서는 뭔가 이상하다는 느낌을 받았다. 바이허 마을의 노인은 〈씨성본결〉을 금서라 하지 않았던가. 그는 마치 단정이라도 하듯 은원과 〈씨성본결〉을 연결시키며 은근히 추궁하고 있었다.

「〈씨성본결〉이라뇨?」

정서가 반문하자 시에허는 잠시 대답이 없었다. 짧은 시간이었지만 정서의 신경은 곤두섰다. 점점 기분이 나빠졌다. 무얼 생각하는 것인가? 정서는 상대에게 시간을 줘서는 안 된다는 생각이 들었다.

「어서 얘기해줘요. 지금 버스가 떠난단 말입니다.」

「버스요? 어디 가는 버스입니까?」

「서안으로 갈 겁니다. 막 임경을 떠나려던 참이었어요. 어서 뛰어가야 버스를 탈 수 있어요. 하루에 두 편밖에 없는 버스라 저걸 놓치면 낭패입니다.」

「임경에서 일이 끝났어요?」

「그렇다니까요!」

「한은원 교수는 만나지 않았고요?」

「한 교수가 일본에 있다는 건 잘 알잖아요. 그런데 내가 뭐 잘못한 거 있나요? 여기 와서 공안에게 신문받아야 하고 시에허 교수님한테도 취조를 받아야 하는 겁니까? 중국은 그런 나라예요?」

「아아, 아니에요. 내가 너무 오버했나? 미안합니다. 내가 잘 말해줄 테니 공안을 바꿔줘요.」

「예, 그럼.」

공안은 정서로부터 전화기를 넘겨받아 몇 마디 나누더니 펜을 꺼내 정서의 여권 정보를 수첩에 적었다.

「당 주임님이 확인을 해주셨습니다. 여권 받으십시오.」

「그런데 내 신상정보는 왜 기재하는 거요?」

「우리 공안은 누굴 단속하든 근거를 남겨야 합니다. 또 제 이름도 분명히 알려드려야 하고요. 저는 임경의 사복 공안 저우입니다.」

「그건 왜 그래요?」

「인권 침해 소지를 없애려 하는 겁니다. 우리 중국 공안도 이제 서구 수준으로 인권 상황을 개선하자는 목표를 가지고 있습니다.」

정서는 마뜩치 않은 기분으로 여권을 받아서는 터미널 밖으로 나왔다.

이렇게 빈손으로 돌아가야 하는 것인가. 택시를 잡아타자 그때서야 비로소 왕학전이 일러준 말이 생각났다.

「왕자방 씨를 압니까?」

「물론입니다. 모셔다 드릴까요?」

「네.」

왕자방은 허름한 택시 회사 건물의 한쪽 방에 앉아 있었다.

「왕가장의 왕학전 씨가 알려줘서 왔습니다. 혹시 한국의 한 여교수가 찾아오지 않았습니까?」

「앉아요.」

정서가 자리에 앉자 왕자방은 아래위로 정서를 훑었다. 조금 전의 그 공안과 같은 눈초리였다.

「신분증을 줘요.」

역시 공안과 똑같은 절차라 정서는 그냥 자리에서 일어나고 싶었지만 눌러 참았다. 정서가 건넨 여권을 한참 들여다보던 왕자방은 벽에다 대고 냅다 고함을 질렀다. 그러자 누군가 문을 열고 들어왔다.

「야, 이거 좀 읽어봐. 이 영어가 뭐라는 거야?」

「이-정-서-인데요.」

「이정서? 알았어. 가봐.」

사람이 나가자 그는 책상 서랍을 열고 종이를 한 장 꺼냈다.

「이거 읽어보시오.」

「뭔데요?」

「그냥 읽어보시오. 나는 무슨 내용인지 알지도 못해.」

정서는 종이를 펼쳤다.

나 지금 북경으로 떠나.

한은원

은원의 메모였다. 놀라웠다. 어떻게 자신이 여기에 들를 거라고 예상하고 메모를 남겨준 것인가? 정서는 그 반가운 메모를 몇 번이나 읽고 또 읽었다. 은원은 한국으로 들어가지 않고 북경에 있는 것이었다. 아직까지 무사할 뿐만 아니라 자신을 기다리고 있는 게 확인되어 반갑기 그지없었다. 하지만 도대체 또 북경의 어디로 갔다는 말인가? 은원은 역시 이 메모가 남의 손에 넘어갈 때를 대비해 어떤 정보도 노출시키지 않고 있었다. 또한 자신이 여기까지 오리라고 확신할 수도 없었을 것이다.

정서는 왕자방에게 택시 한 대를 내달라고 부탁해 그 길로 서안으로 향했다.

밤새 달린 택시는 다음날 정오 무렵이 되어서야 서안에 도착했고 정서는 바로 여행사를 찾아 북경으로 가는 비행기 표를 끊었다.

비행기 안에서 정서는 어째서 중국 공안이 왕부를 연구하는 사람들을 압박하는지 생각해보았지만 쉽사리 이유를 짐작할 수 없었다.

그러나 이제 한 가지는 확실해졌다. 시에허는 은원과 공동연구를 하는 척하면서 은원의 연구 내용을 알았을 테고 그것이 문제가 있다고 판단한 후 방해로 일관했다는 사실이었다. 또한 거기엔 〈씨성본결〉이라는 금서가 직간접적으로 연관되어 있다는 것도 짐작할 수 있었다.

위험한 책

비행기에서 내린 정서는 일단 북경 시내로 나왔다. 자동차의 물결이 시내를 온통 휩쓰는 건 다른 대도시들과 큰 차이가 없었지만 북경은 자동차 못지않게 많은 자전거가 떼를 지어 다니며 도시의 역동성을 더하고 있었다.

특히 치마를 입고 허연 넓적다리의 속살과 속옷을 스스럼없이 드러내며 자전거로 거리를 활보하는 여성을 보면서 정서는 한국의 여성들과는 너무도 다른 중국 여성에 대해 어떤 평가를 내려야 할지 몰랐다.

은원이 북경 어디에 있을지는 알 수 없는 일이었지만 위험이 있는 줄 알면서도 한국으로 나가지 않고 북경에 온 것은 임경에서 만족할 만한 자료를 얻지 못했거나 자료를 보완하려는 목적이었을 터였다.

정서는 일단 북경 인민도서관에서 가장 가까운 스카이 호텔에 방을 잡았다. 사료를 찾고 있을 은원과 마주칠 가능성이 가장 큰 곳은 아무래도 도서관과 사회과학원 부근일 것이었다.

은원이 자신에게 북경으로 간다는 메시지를 남긴 이상 그녀 역시 북경 인민도서관이나 사회과학원을 만남의 장소로 꼽고 있을 것 같았다.

언젠가 두 사람은 북경의 경험을 얘기하다 은원은 중국에서 역사 관련 자료를 찾는 데는 인민도서관, 사회과학원이 제일 낫다는 내용의 얘기를 했고 정서는 청화대학 도서관이 과학 자료를 가장 많이 소장하고 있다고 한 적이 있었다. 어쩌면 은원도 이런 기억을 떠올렸기 때문에 굳이 장소를 정하지 않고 메시지를 남겼을지도 몰랐다. 하지만 그런 식으로 은원을 만날 가능성은 사실 낮았고 무엇보다도 정서의 스타일에 맞지 않았다.

정서는 호텔 맨 위층의 스카이라운지로 올라가 맥주 한 잔을 앞에 놓고 앉았다. 북경 시내의 야경을 내려다보며 지금까지의 상황을 정리하던 정서는 자신이 너무 사건의 외곽을 돌고 있다고 생각했다. 물론 임경이라는 오지에 가서 은원을 추적하다 보니 효율적으로 시간을 쓸 수는 없었다. 그러나 중국에 온 지도 오래됐고 은원의 행방을 찾느라 수많은 역사 서적도 섭렵했지만 사건 속으로 들어가지 못하고 은원이 나타나기만을 기다리고 있다는 현실이 못마땅했다. 이것은 자신의 방식이 아니었다.

정서는 이제껏 어떤 분야든 그 변두리에 머무르는 걸 싫어했다. 기왕 시간을 쓴다면 일의 본질 속으로 들어가야만 했고 지금까지 그런 삶을 살아왔다. 아무리 은원의 신변이 걱정스럽다 해도 이런 식으로 은원이 나타나기만을 기다리며 도서관 주변을 어슬렁거리고 싶진 않았다. 그래서 정서는 하나의 목표를 세웠다.

'펑타오라는 자를 만나자.'

그게 은원을 돕는 길이기도 했다. 은원의 이 모든 노력은 결국 왕부를 연구하고 왕부가 본 책을 찾아 한의 유래를 밝히겠다는 것이었다. 생각해보면 자신도 얼마든지 할 수 있는 일이었다. 역사란 게 역사학자만의 전유물도 아니고 무엇보다 은원이 하고자 하는 일은 왜 우리나라가 한국인지, 그 한이라는 글자가 어디서 왔는지를 밝히는 한국인 모두의 일이었다.

그렇다면 자신이 왕부 연구의 일인자라는 펑타오를 만나 왕부가 보았을 두 중요한 기록에 관한 어떤 실마리라도 찾을 수 있다면 찾아야 했다.

아침이 되자 정서는 일단 펑타오의 연락처를 알아두기로 작정하고 전화번호부는 물론 도서관과 각 대학의 사이트를 모두 뒤졌다. 그러나 이상하게도 펑타오라는 이름은 어디에도 없었다. 심지어 북경에 소재한 모든 대학의 교직원 명단을 찾아보아도 펑타오라는 이름은 없었고 가장 가능성이 있을 걸로 생각되는 사회과학원의 연구원 명단에도 없었다.

왕부 연구의 일인자라는 그는 명성과 달리 마치 존재하지 않는 사람 같았다. 정서는 도서관에 가 각종 저작과 논문의 저자 이름을 살폈지만 역시도 평타오라는 이름은 없었다. 정서는 초저녁이 되자 은원이 있을 만한 곳을 생각하며 북경의 야시장으로 향했다. 북경 시내는 하루가 다르게 변모하고 있었다. 야시장을 향해 걷는 동안 정서는 자연히 중국의 발전 동력과 한국의 정체 원인을 생각하게 되었다. 이런 정서의 생각은 야시장에 와서도 끊이지 않았다.

정서는 북경의 명물 야시장에서도 유명한 오리 껍질구이 마차 앞에 섰다. 배갈 한 도꾸리와 껍질 한 접시를 시키고 선 채 묵묵히 생각에 잠겨 술잔을 기울이던 정서에게 옆에서 술잔이 내밀어졌다.

「여보, 뭐 그리 심각한 얼굴을 하고 있소? 야시장에 나왔으면 먹고 마셔야지 왜 그리 염세주의자의 얼굴을 하고 있단 말이오? 죽지 못해 사는 게 당신의 인생이란 말이오? 그런 인생은 쇼펜하우어에게나 줘버리고 어서 한잔 마셔요.」

정서는 쇼펜하우어라는 이름에 귀가 당겨 술잔을 받으면서 옆자리에 선 사내의 얼굴을 시선 속으로 끌어들였다. 얼굴은 퉁퉁하지만 턱이 짧고 눈에 쌍꺼풀이 진 게 전형적인 중국인의 얼굴이었다.

「고맙습니다.」

정서의 말투가 어딘지 이상하다고 느꼈는지 중국인은 흘낏 정서의 기색을 살폈다.

「나는 주위엔하오요. 당신은?」

「이정서입니다.」

사십대 후반으로 보이는 주위엔하오는 고개를 끄덕이며 웃었다.

「그래, 과연 한국인이었군. 어쩐지 그런 것 같았수다.」

정서는 주위엔하오가 내민 술잔을 한 입에 털어 넣었다.

「그래, 뭐가 그리 걱정되는 거요?」

「걱정은 아니고 생각 중이었어요.」

「자, 나도 한잔 주시오. 그런데 무슨 생각을 그리 골똘하게 하느냔 말이오?」

정서는 묵묵히 선 채 대답을 하지 않았다.

「내가 한번 맞춰볼까?」

정서는 호인 타입으로 생긴 이 중국인이 싫지 않아 고개를 끄덕였다.

「아마 당신은 전두환, 노태우, 김영삼, 김대중, 노무현, 이명박을 생각하고 있었을 거요. 또 한편으로는 마오쩌둥, 저우언라이, 덩샤오핑, 장쩌민, 후진타오를 생각하면서 말이오.」

정서는 저으기 놀랐다. 두 나라의 상이점을 생각하는 중에 양국의 지도자 자질 문제가 자연히 떠오르기도 했기 때문이었다.

「어때요? 맞소?」

정서는 옅은 웃음을 띠었다.

「하하, 드러내지는 않지만 놀란 표정이군. 하지만 뭐 그리 놀랄 필요는 없소. 중국에 오는 한국 사람들 중 생각이 있는 사람은 다 비슷한 생각을 하니까 내가 맞춘 것뿐이오.」

「그렇다 하더라도 놀랍군요.」

「중국이 운이 좋아 한결같이 좋은 지도자들을 만나기는 했지만 솔직히 중국 지도자들이 한국의 대통령들에 비해서는 해 먹기가 편하지. 중국의 지도자들은 민주주의를 크게 고민하지 않으니 말이오. 뭐 그렇다고 한국의 지도자들이 잘났다는 건 아니지만……. 생각해보면 한국 국민들이 훌륭했던 거요. 경제도 중요하지만 민주 발전이 더 중요한 거니까. 자, 또 한잔 합시다.」

「선생은 한국을 잘 아시는군요.」

「알다 뿐이오. 한국에서 10년 이상 근무했는걸.」

「무얼 하는 분이세요?」

「서울의 중국대사관에 있었소.」

정서는 그런 경력이 있어 주위엔하오가 자신을 바로 알아보았다고 생각했다.

「그럼 지금은요?」

「나? 나는 이제 관직을 자진해 그만두었소.」

「네? 내가 알기로는 중국에서는 공무원이 그야말로 귀족 신분인데요. 그걸 포기하기 쉽지 않았을 것 같은데요.」

「그러나 자신이 옳다고 생각하는 일이 있으면 그걸 따라야지 자리가 아까워 그냥 눌러앉아 있으면 그건 소인배가 아니오?」

「대사관 근무와 안 맞는 일이 있었나요?」

「흐흐, 나는 민주주의를 중국에 수입하려다 정부와 대립하게 되었소. 지금의 중국은 당신들이 생각하는 것처럼 그리 대단한 나라가 아니요. 민주주의를 억누르고 경제 일변도로 달려가고 있는 나라가 뭐 그리 두려워요? 한국도 전두환 체제로 지금까지 달려왔으면 엄청난 경제발전을 이루었겠지. 하지만 당신들은 그 무엇보다도 소중한 민주주의를 이루지 않았소?」

정서는 한국과 중국을 여느 중국인과는 다른 각도에서 보고 있는 주위엔하오에게 관심이 갔다.

「지금은 뭘 하세요?」

「어딘가에 있지만 거기 사람들과도 뜻이 맞는 건 아니오. 그런데 이 형은 여기 왜 왔소?」

「역사와 관련해 자료를 좀 찾고 있습니다.」

「아, 그렇소? 나는 사업가인 줄 알았지. 자 이번엔 같이 한잔 합시다.」

두 사람은 잔을 부딪쳤다.

「중국은 시한폭탄을 싣고 달려가는 기차와 같소. 이제 얼마

안 있으면 폭발해요. 민주주의의 불만 붙으면 말이오. 현재 체제로는 천안문 사태 같은 게 또 일어나도 무력으로 제압할 수밖에 없소. 하지만 이 형은 한국인이니 알 거요. 그런 게 힘으로 막아지느냔 말이오?」

「결국은 민중이 이기지요.」

「그게 중국의 고민거리요.」

「주 선생같이 민주주의의 가치를 아는 분이 공직사회의 주류로 올라서야 할 텐데요.」

「개자식들!」

정서는 잔을 권했다.

「오리 껍질도 좀 하세요.」

「고맙소. 나는 얼마 있다 쓰촨성 내 고향으로 돌아가 농사나 짓고 살 거요. 참, 얼마 전 거기서도 백여 명이 탐관오리한테 저항하다 출동한 군에 의해 목숨을 잃었소.」

「탐관오리 하나를 처치하면 더 간단할 텐데요.」

「당과 정부는 인민들의 문제 제기에 따라 관리를 처형하면 결국 제2의 천안문 사태가 일어난다고 보는 거요. 그게 중국의 딜레마요.」

주위엔하오는 술잔을 입에 털어 넣었다. 정서는 그의 빈잔에 자연스럽게 술을 채워주었다. 주위엔하오가 다시 말했다.

「역사 자료를 찾는다고? 그럼 북경대학에 온 거요? 아니면 청화대학? 한국인들은 청화대학에 많이 오더군.」

「아직 어디서 찾아야 할지 모릅니다.」

「그래 뭘 찾으러 온 거요?」

「혹시 펑타오 박사라는 이름을 들어보셨습니까?」

「아니, 나는 모르는 이름인데 뭐하는 사람이오?」

「그 사람이 제가 보려는 자료를 가지고 있습니다.」

「그거야 알아보기 쉽지 않겠소? 박사라면 학교나 연구소에 있을 거 아니오? 펑타오라 그랬소?」

그는 말을 마치기도 전에 전화기를 꺼내들고 어딘가와 통화를 하고는 전화를 끊었다. 잠시 후 전화가 걸려오자 그는 종이와 펜을 꺼내 상대가 주는 정보를 받아 적었다.

「자, 여기 있소. 이 사람 왕부연구소라는 곳의 소장이구만. 이건 그 사람 휴대폰 번호요.」

정서는 놀랐다. 하루 종일 매달려도 찾아지지 않던 사람이 전화 한 통으로 튀어나오리라곤 생각도 하지 못했기 때문이다.

「아니, 어디서 이렇게 금방 알아냈어요?」

주위엔하오는 정서의 물음에는 대답하지 않고 이상하다는 듯 말했다.

「이 사람과 이 사람 연구소는 신원보안이 걸려 있다고 하는군. 여기도 무슨 컴컴한 일을 하는 덴가?」

「신원보안이 뭐죠?」

「일반인들에게 신원과 소재를 노출시키지 않는다는 얘기요.」

「이분은 학자가 아닙니까?」

「그 사람 혹시 삼대공정과 관련이 있는 사람이오?」

「그건 잘 모르겠습니다.」

「삼대공정의 핵심인물들은 신원보안을 걸어두게 되어 있소.」

「그럼 VIP인가요?」

「VIP라기보다는 정보를 관리하는 사람들 그룹에 들어가 있다는 얘기요. 삼대공정과 관련해서는 예민한 정보가 많기 때문에 이들을 노출시키지 않는 거지. 인터넷 같은 데서도 이들의 이름은 다 빼버리거든.」

「그래서 내가 하루 종일 헛수고만 한 거군요.」

「그런데 이 사람이 한국서 온 당신에게 여기 있습니다, 하고 자료를 잘 보여줄지는 의문이오. 어쨌든 성과가 있기를 바라겠소. 자, 이 선생의 성공을 위해 건배합시다.」

주위엔하오는 잔을 들어 눈높이로 올렸다. 정서 역시 잔을 들자 그는 우렁찬 목소리로 외쳤다.

「천안문 만세! 민주주의 만세!」

그는 주변의 눈은 의식하지 않고 갑자기 고함을 질렀다. 근처 포장마차의 주인과 손님은 물론이고 지나치는 행인들까지 놀란 눈으로 주위엔하오를 바라보았다.

「자, 이제 나는 가겠소. 저들 중 누구라도 신고를 할 수 있으니까 빨리 도망가야지. 그리고 이건 내 명함이오.」

정서는 명함을 받았다. 주위엔하오. 그는 〈북조선연구소〉의 부소장이었다.

「알고 보니 높은 분이군요.」

「외교관 경력이 많아서 그런 거요. 그러니 내 목소리를 내도 이제까지 살아남을 수 있었던 거지. 자, 그럼 이만!」

주위엔하오는 총총히 자리를 떴다. 정서는 잔을 들어 그의 뒷모습에 건배를 해주었다. 한국의 대사관에서 오래 근무하던 사람이라 한국인을 보자 반가웠던 모양이었다.

다음날 정서는 펑타오에게 전화를 걸기에 앞서 우선 인민도서관으로 갔다. 왕부 자료 부근을 살펴보면 은원을 찾을 수 있지 않을까 하는 생각에서였다.

그러나 예상외로 인민도서관에는 왕부와 관련한 저작이나 자료가 별반 없어 은원이 올 만한 곳이 아니었다.

찾고 있는 자료들에 대해 협조를 구하자 사서 역시 사회과학원을 추천했다. 정서는 사회과학원으로 걸음을 옮겼다. 사회과학원은 보통의 연구기관과는 달리 딱딱한 기분이 들었다. 허가받지 않은 외부인은 자료실이나 연구자 공용 컴퓨터 이용이 허용되지 않았고 어딘지 보이지 않는 감시를 받는 기분조차 들었다.

정서는 틈틈이 휴게실에도 가고 화장실도 가고 벤치에 나가

앉기도 하며 자신을 자주 노출시켰다. 현재로서는 이것이 자신이 할 수 있는 최선의 방법이었다.

건물로 들어오는 사람이라면 거의 마주치지 않을 수 없는 방법을 이것저것 써봤어도 역시 은원은 그림자조차 비치지 않았다.

정서는 이제는 펑타오를 만나야 하겠다고 생각했다. 그러나 그저 만나서는 별 성과가 있을 것 같지도 않았고 그가 자신을 만나려 들지도 않을 것 같았다.

정서는 벤치에 앉아 곰곰이 생각하다 기발한 방법을 떠올렸다. 오히려 펑타오가 자신의 부근에 있게 하는 거였다. 펑타오는 왕부 연구의 일인자이니 그가 모르는 걸 자신이 알고 있다면 접근해올 것이었다.

정서는 기억을 더듬다 탕페이 마을의 유지가 해준 이야기를 떠올렸다. 그는 왕부가 대장군부에 의해 성토당했다고 했다. 권신도 아닌 초야의 학자가 대장군부에 의해 성토당하는 일은 흔할 것 같지 않았고, 무엇보다도 이 이야기를 아는 사람은 이제는 그 유지와 천진으로 강제 이주당한 왕안식밖에 없다고 했다.

만약 유지의 말이 사실이라면 이 이야기는 펑타오의 관심을 끌 수 있을 것 같았다. 최고의 전문가인 펑타오를 끌어내려면 비록 한 분야라도 깊이 아는 데가 있어야 할 터였다.

정서는 이야기를 어디서부터 풀어나가야 할지 생각하다 대장군부가 시골에 있는 학자를 성토했다면 사사로운 원한이 아닌 국사(國事)가 원인이 되었을 거라는 생각이 들었다. 그렇다면 당시의 전쟁이나 군사적 충돌을 살펴볼 필요가 있었다.

이 부분을 집중적으로 살펴보면 펑타오 박사의 관심을 끌 수 있는 재료를 얻을 수 있다는 판단이 선 정서는 발걸음을 참고 자료실로 옮겼다.

왕부가 죽던 무렵은 강족(羌族)의 난이 있었고, 그것은 거의 10년 동안이나 지속되었다. 대장군부와 왕부가 국사로 연결된다면 이 강족의 난이 가장 유력할 것 같았다. 생각을 정리한 정서는 한대 강족의 난을 연구한 논문이 있는지 찾아보았다.

중국 대륙에는 아주 오랜 옛적부터 각종 이민족이 살고 있었고 중국의 역사란 한족과 이 이민족과의 관계의 역사라 해도 과언이 아닐 정도였다.

다행히 강족의 역사와 중원에서의 동화과정을 연구한 논문이 한 편 있었다. 논문은 한대에 일어난 강족의 난을 비교적 자세히 기술하고 있었다. 정서는 서가에 선 채 논문을 한참 읽다 주변에서 자신을 지켜보는 눈길을 느낄 수 있었다. 정서가 눈길의 끝을 따라가자 한 사람이 빙그레 웃으며 서 있었다.

「강족에 관심이 있습니까?」

검은 뿔테 안경을 낀 학자풍의 사람이 말을 건넸다.

「아, 네.」

「그 논문은 내가 쓴 건데요.」

「그렇습니까?」

「아까부터 내 논문을 열심히 보시기에 도대체 뭐가 그렇게도 관심을 끌까 생각하던 중이었습니다.」

정서는 잘됐다 싶어 물었다.

「이 논문을 보면 후한 때 거의 10년을 끌었던 강족의 난은 대장군 국광이 진압한 걸로 기록되어 있는데, 대장군부에서는 초야의 학자인 왕부를 강족의 난을 일으킨 원흉으로 성토하는 일이 있었더군요. 혹시 그 이유를 아십니까?」

「하하, 왕부를 연구하는 분이군요. 그렇겠지요. 요즘은 강족의 난에 관심을 갖는 학자를 통 찾을 수 없어요. 저리 가서 같이 앉으시죠. 내가 설명을 해드릴게요.」

정서가 학자를 따라가자 그는 명함을 내밀었다.

「링차이입니다. 강족 연구로 학위를 받고 지금은 대학에서 강의하고 있습니다.」

「이정서입니다.」

링차이는 옛날이야기 한 토막을 풀어내듯 느릿느릿 말을 시작했다.

「강족은 오래 전 진시황의 사민정책에 의해 강제로 고향을 떠나 양자강 유역에서 농사를 짓고 살게 되었습니다. 이들은 세월이 흐르면서 점차 중원에 동화되어 갔지요. 그러던 어느 날 강족의 학자 한 사람이 외지에서 책 한 권을 필사해 돌아왔는데, 이걸 읽은 사람들이 고향의 기억을 되살리며 난을 일으켰지요.」

정서는 짚이는 바가 있었다.

「그게 바로 왕부가 쓴 책인가요?」

「이해가 빠르시군요. 그렇습니다. 그게 바로 왕부의 〈씨성본결〉입니다.」

「〈씨성본결〉이라고요?」

시에허는 자신이 임경에 간 이유가 바로 이 〈씨성본결〉 때문이라고 의심했었고, 촌로는 〈씨성본결〉이 금서라고 했었다. 정서는 뜻밖의 행운을 온몸으로 느끼며 링차이의 다음 말에 신경을 곤두세웠다.

「네. 왕부의 〈씨성본결〉을 읽은 강족은 감회에 젖어 눈물을 흘리기까지 했답니다. 잃어버렸던 자신들의 뿌리가 그 책에 고스란히 나왔으니까요. 진 왕조는 이들을 이주시키면서 그들의 고향에 대한 기록을 모조리 지워버렸지만 왕부가 쓴 〈씨성본결〉은 이들의 뿌리를 고스란히 드러냈습니다. 성씨의 유래를 캐고 들어가면 자연히 고향이 나오니까요.」

「그러니까 〈씨성본결〉은 원래 성씨의 유래를 연구한 책이지만 자연히 역사가 묻어 나온다는 얘기군요.」

「네. 중국 대륙에서는 통일된 제국이 일어날 때마다 이 책을 탄압했어요. 통일의 걸림돌이니까요. 시대를 이어 필사본이 생겨났지만 워낙 탄압이 심해 이제는 원본은 물론 필사본까지 완전히 없어진 걸로 보입니다. 군데군데 다른 책에 인용된 경우는 있지만요.」

「펑타오 박사에게도 없을까요? 그가 왕부 연구의 일인자라는데.」

「없을 겁니다. 청 제국에 이르러서는 특히 심한 탄압을 받아 완전히 멸실된 걸로 보입니다.」

「안타깝군요.」

정서는 은원이 만약 이 책을 찾고 있다면 헛수고를 하는 거라 생각했다. 링차이는 그와는 다른 의미로 고개를 끄덕였다.

「이제 왜 대장군부가 왕부를 위험인물이라고 성토했는지 이해가 갑니다. 강족은 왕부의 〈씨성본결〉을 보고 자신들의 뿌리를 찾으려 난을 일으킨 거군요.」

「바로 그렇습니다.」

「그렇다면 왕부를 연구하는 게 그리 자유스러운 건 아니군요. 내 친구는 왕부 연구를 하는데 중국 정부가 그걸 방해하는 경우도 있는 것 같습니다.」

「마찬가지 이유예요.」

「마찬가지라면 강족과 마찬가지라는 얘긴가요?」

「네.」

「하지만 그 친구는 강족이 아닌 한국인인데요.」

「한국인들도 한자로 된 성을 쓰지 않습니까?」

「물론 그렇습니다.」

「그렇다면 한국인들의 성 중에 중국 정부가 유래를 감추고 싶어 하는 성이 있다는 얘기도 되겠네요.」

귀가 번쩍 뜨이는 얘기였다. 정서는 새삼 왕부라는 학자가 아주 큰 의미로 다가오는 것을 느꼈다. 그리고 어째서 은원이 중국의 금서를 그리 추적하는지 알 것 같았다. 〈씨성본결〉은 사람의 성씨를 논한 책이지만 그 안에 있는 한국인의 어떤 성씨를 더듬다보면 한국인의 역사가 자연히 드러난다는 사실이었다.

「호오! 그런 성이 있을까요? 그게 뭘까요?」

링차이는 웃었다.

「나는 한국의 성은 잘 모릅니다.」

「왕부는 대단한 학자였던 모양입니다. 그의 〈지명원류고〉를 본 적이 있는데 그가 쓴 짧은 한 문장만으로도 한국 고대사에 매우 중요한 자료가 되더군요.」

그는 그럴 거라는 표정으로 고개를 끄덕였다.

「왕부는 당시 구할 수 있었던 모든 서적과 기록을 섭렵한 후 저술을 했기 때문에 그의 글은 고대의 도서관과 같습니다. 오죽하면 강족이 자신들의 말살된 성인 '창'이나 '우보'를 찾기 위해 멀리 투르판까지 사람을 놓아 보냈겠습니까?」

「〈씨성본결〉의 내용이 어딘가에 부분적으로라도 남아 있지 않을까요?」

「그래서 왕씨 집안의 문집들이 중요합니다. 그들이 부분적으로 조상의 저서를 인용하거나 소개하고 있으니까요.」

「그러면 역시 펑타오 박사가 아는 게 많겠군요.」

「당연합니다. 왕부연구소를 따로 차릴 정도니까요. 그는 8~9년 전에 정부의 관리들을 설득해 전국의 왕부 관련 자료를 모두 거둬들였어요.」

「그런데 그는 왜 논문을 쓰지 않을까요? 도서관과 사회과학원에서 그의 논문을 찾아보았지만 한 편도 없던데요.」

「그는 삼대공정의 정보를 총괄하는 사람 중 하나입니다. 자신의 이름으로는 어떤 논문도 쓰지를 않아요. 대신 계속 발견되는 새로운 사실을 학자들에게 보내주어 그들로 하여금 논문을 쓰게 하지요. 그리고 왕부에 관한 예민한 자료는 여기 참고자료실에는 없어요.」

「그럼 어디에 있어요?」

「볼 만한 것들은 다 이 위층의 전문자료실에 있을 거예요. 하지만 특별한 신분이 아니면 들어가지 못합니다. 중국 정부와 사회과학원은 3대 역사 공정이 시작되고 나서부터는 논문이나 자료를 잘 공개 안 해요. 공정에 불리한 자료는 찾아내 감추고 유리한 자료만 내놓지요.」

「알겠습니다. 이 논문은 잘 읽어보겠습니다.」

「하하, 고맙습니다.」

정서는 링차이와 악수를 나누고 논문을 가지고 열람석에 앉았다.

정서는 조금 전 나눈 이야기를 생각하며 한국인의 성씨 중에 시에허가 그 유래를 감추고 싶어 하는 성이 있다면 그건 어떤 성씨일까 생각해보았다.

즉각 떠오르는 건 한은원의 성인 한이었다. 링차이의 말을 들으면 어쩌면 이 성이 대한민국의 국호인 한과 연관되어 중국 정부에서 그 유래를 감추고 싶어 하는 것이 아닐까 하는 생각이 드는 것이었다.

아무튼 링차이를 만난 덕에 〈씨성본결〉에 관한 의문이 풀린 것은 그렇다 치고라도 펑타오를 엮기 위한 방법도 한결 쉬워진 듯했다.

이제 〈유한집〉에 있는 왕부의 죽음에 관한 얘기와 강족의 난을 엮으면 펑타오를 끌어들일 수 있는 제법 괜찮은 그림을 그려낼 수 있을 것 같았다.

한의 진실

다음날 오전 정서는 드디어 펑타오에게 전화를 걸었다.

「한국에서 온 이정서라고 합니다. 왕부를 연구하는 중인데 강족과 관련된 왕부의 중요한 기록을 갖고 있습니다. 펑 박사님이 왕부 연구의 권위자라는 말을 듣고 전화를 드렸습니다. 한번 만나서 의견을 교환했으면 합니다.」

역시 펑타오는 관심을 나타내 보였다.

「무슨 기록입니까?」

정서는 미리 준비한 대로 말했다.

「왕씨 집안의 문집인데 제목은 〈유한집〉입니다.」

순간 펑타오의 놀라는 목소리가 터져 나왔다.

「아! 그걸 가지고 있단 말입니까?」

「네. 그 안에는 왕부와 관련된 좀 특이한 내용이 있어요.」

「특이한 내용? 뭐죠?」

「강족의 난 운운하는 부분이 있어요.」

「강족의 난? 혹시 거기에 강족의 난이 일어난 원인에 대해 나온 게 있습니까?」

「〈유한집〉을 읽어보면 강족의 난은 왕부가 지은 〈씨성본결〉이 원인이 되었다는 걸 알 수 있습니다.」

정서의 대답에 저쪽의 긴장이 바로 전해져왔다.

「그렇다면 국광 대장군과 왕부와의 관계에 대해서도 나와 있던가요?」

「호! 어떻게 그걸 알지요? 혹시 다른 필사본이 있나요?」

「아닙니다. 그게 유일한 거예요. 나는 희미하게 〈유한집〉이 있다는 얘기만 들었어요.」

「맞습니다. 국광 대장군이 왕부를 난의 원흉으로 성토했다는 내용이 들어 있습니다.」

「아, 그렇군요. 그런데 도대체 그걸 어디서 구했어요? 어디서 찾았어요?」

「바로 여기 북경입니다.」

「북경에서? 어떻게 찾았단 말입니까?」

「작년 봄에 한 고서 소장자와 사회과학원을 나와 천안문 광장을 걷고 있었는데 누군가 학자가 아니냐고 물어 그렇다고 했더니 희귀 고서적을 사지 않겠느냐고 하더군요. 그게 〈유한집〉이었어요.」

「저런!」

펑타오의 탄식이 흘러나왔지만 정서는 건조하게 대답했다.

「운이 좋았던 거지요.」

「그런데 내게 전화를 했을 때는 무슨 목적이 있을 것 같은데요.」

「펑 박사와 거래를 하고 싶습니다.」

「뭘 원하는 겁니까?」

정서는 임의로 지은 책 제목을 또박또박 말했다. 이것은 정서가 심사숙고한 미끼였다.

「〈오성행상천문지〉를 보여주었으면 좋겠군요.」

「〈오성행상천문지〉? 그게 뭡니까?」

「왕부는 과거 고조선에서 일어났던 오성집결을 알고 있었어요. 이것은 그가 〈오성행상천문지〉를 입수했기 때문인데 아마 당신이 가지고 있겠지요.」

「그런 게 있었어요? 나는 금시초문인데.」

펑타오의 목소리에서 점점 더 강한 관심이 묻어 나왔다.

「그럴 리가요? 왕부의 〈지명원류고〉에는 그가 고대 한국의 오랜 역사에 감탄한 문장이 있는데 그 근거가 오성집결이었단 말입니다. 그렇다면 〈오성행상천문지〉를 봤다는 얘기 아닙니까? 그 책을 안 보고는 어떻게 주나라 시대보다 천 년이나 전에 일어난 일을 왕부가 알 수 있겠어요? 무엇보다도 내가 본 왕씨 집안의 문집에는 왕부가 〈오성행상천문지〉를 아꼈다고 분명히 적혀 있는데.」

펑타오의 목소리가 갑자기 한껏 부드러워졌다.

「한국에서 왕부를 이렇게 깊이 연구한 사람은 없는 걸로 아는데 당신은 놀라운 정도의 깊이가 있군요. 어서 한번 만납시다.」

「〈오성행상천문지〉를 보여주지 않겠다면 만날 이유가 없어요. 왜 나만 일방적으로 내가 아는 정보를 건네주어야 하는 거죠?」

「서로 얘기를 나눠봅시다. 나도 도움이 되는 부분이 있을 겁니다.」

「좋아요. 오늘은 하루 종일 일이 있으니 저녁에 만납시다.」

「잘됐네요. 저녁이나 같이 먹으면서 왕부 얘기를 나눠봅시다. 틀림없이 나도 도움 될 일이 있을 겁니다. 취선대반점에서 여섯 시면 어떻습니까?」

「일곱시가 좋겠어요.」

「알겠습니다.」

정서는 빙그레 웃으며 전화를 끊었다.

그날 저녁 펑타오는 아주 화려한 방을 예약해둔 채 정서를 기다리고 있었다. 정서가 들어서자 그는 반가운 기색으로 자리에서 일어나 손을 내밀었다.

「펑타오입니다.」

「이정서예요.」

「술과 음식은 제가 미리 주문을 해두었습니다. 이 집의 별미가 있거든요. 혹시 따로 좋아하는 게 있습니까?」

「아니, 좋습니다.」

음식과 술이 바로 나왔기 때문에 두 사람은 일단 몇 잔 들이켰다. 어느 정도 분위기가 익자 펑타오가 말을 꺼냈다.

「외국인 학자에게 희귀한 고서를 팔려는 자들 때문에 골치가 여간 아픈 게 아닙니다. 이자들은 대학이나 연구소에서부터 사람을 미행해요.」

「정말 그렇더군요.」

「어디서 그런 희귀한 서적을 구하는지는 모르겠지만 이렇게 외국으로 유실되어 나가는 책이 너무 많아요. 그래서 저는 웬만큼 가치가 있다 싶으면 아예 정부의 힘을 빌려 수거해버립니다. 원망도 많지만 어쩔 수 없어요.」

「마음고생이 심하겠군요.」

「여간 심한 게 아니지요. 어떤 놈들은 오히려 희귀 고서의 가치를 전문 학자보다도 더 잘 알아요. 아예 일본에 가서 거기 학자들하고 의논을 하고 돌아와 책을 구하는 놈들도 있어요. 가치만 있으면 일본인들은 값을 상관하지 않고 사거든요.」

「그 사람들은 나를 일본인으로 알았는지 삼만 오천 위안이란 금액을 아무렇지 않게 부르는 데 놀랐어요.」

「그럴 겁니다. 과거 식민지배 때부터 중국 및 한국의 고서가 일본으로 들어가지 않았습니까? 그걸 연구한 일본 학자들이 이번에는 희귀한 서책을 돈으로 마구 사대는 겁니다. 그러니 일본인들이 일부 중국 역사를 중국인보다 더 잘 알아요.」

「역사란 누가 자료를 더 보느냐의 전쟁이지요.」

「그나저나 그 〈유한집〉이 정말 존재하는군요. 저는 지금까지 얘기만 들었지 확인을 하지는 못했어요. 아는 사람이 있어야 말이지요.」

정서는 유지에게서 들었던 왕부의 죽음에 얽힌 얘기를 해주었다. 펑타오는 얼른 준비해온 노트와 펜을 꺼내 정서의 얘기를 적어 내려가다 형부에서 임경으로 감찰관을 내려 보내고 감찰관이 항의해 죽임을 당했다는 부분에서는 연신 탄성을 자아냈다.

「아! 그런 일이 있었군요. 결국 강족의 난을 진압한 국광 대장군이 왕부를 고발했고, 본재판을 기다리기도 전에 자객이 내려가 독살한 거군요. 감찰관은 환관과 외척의 학정에 울분을 터뜨리고 왕부에 이어 죽음을 택한 걸로 봐야겠군요.」

「펑 박사님도 이건 몰랐던 모양이지요?」

「네. 왕부의 〈씨성본결〉이 강족의 난을 일으킨 불씨가 되었다는 건 알고 있었지만 황제가 눈을 감았고 외척의 학정에 항거해 감찰관이 왕부와 같은 길을 택했다는 〈유한집〉의 내용은 아직 발표된 적이 없습니다. 하여간 참 특이한 경우인데요. 오랜 중국의 역사에서도 이런 일은 거의 없습니다.」

평타오의 침 삼키는 소리가 들렸다.

「혹시 평 박사께 〈씨성본결〉 필사본이 있습니까?」

「없습니다. 강족의 난 후로도 중국에 통일국가가 들어설 때마다 이 〈씨성본결〉은 씨를 말렸어요. 그래서 전해져오는 필사본이 하나도 없는 겁니다.」

정서는 긴장을 늦추지 않으면서도 속으로 쾌재를 불렀다. 우연히 들었던 유지의 얘기 한 조각으로 천하의 왕부 연구자를 이렇게 속일 수 있다는 게 통쾌했다. 그러면서도 느껴지는 게 있었다. 평타오는 정부의 힘으로 무수한 자료를 수거했지만 사람의 마음을 얻지 못해 이런 이야기를 들어본 적이 없는 것이었다. 그러나 그의 역사에 대한 학자로서의 집요한 탐구욕은 정말 놀라운 것이었다.

정서는 흐름을 놓치지 않고 평타오를 몰아붙였다.

「그건 그렇고 정말 그 〈오성행상천문지〉가 없습니까?」

「정말입니다.」

「그럼 그게 어디 있을까요? 내가 연구한 바로는 분명히 왕부가 〈오성행상천문지〉를 소장하고 있었다고 하는데.」

평타오는 고개를 갸웃거렸다.

「그런데 한국에 이런 정도로 왕부 연구가 되어 있다는 게 놀랍습니다. 저는 지금까지 왕부에 대해서라면 제가 최고라고 여기고 있었는데 이 선생님을 보니 아직 멀었다는 생각이 듭니다.」

「겸양의 말씀이십니다. 저는 단지 한 고서 소장자와 좋은 인연을 맺어 희귀한 서적을 접할 수 있었을 뿐입니다. 〈유한집〉도 작년에 그분 덕택에 접할 수 있었던 거죠.」

「아! 그랬군요. 그런데 누가 그 〈유한집〉을 소장하고 있는지 물어도 되겠습니까?」

「함부로 말하지 못하는 걸 이해하세요.」

평타오는 이해한다는 듯 고개를 끄덕였다.

「알겠습니다. 서적을 소장한 분과 약속을 했던 거군요.」

정서의 적절한 언변에 평타오는 계속 말려들었다.

「앞으로 지식과 정보를 같이 나누는 게 좋겠습니다. 나도 도와드릴 테니까 이 선생님도 도와주세요.」

정서가 고개를 끄덕이자 평타오는 갑자기 자리에서 일어나 고개를 깊이 숙였다.

「부탁인데 〈유한집〉을 좀 복사해준다면 평생 잊지 않겠습니다.」

정서가 곤란한 표정을 짓자 평타오는 더욱 강하게 달려들었다.

「어차피 그 소장자는 왕부의 전문가도 아니지 않습니까?」

「그냥 희귀한 고서적이라 사둔 거지요.」

「그러니 이 선생님이나 나 같은 사람이 연구를 해야 하지 않겠습니까?」

「평 박사님 말씀이 맞기는 맞습니다. 좀 진지하게 생각을 해 보겠습니다.」

「꼭 좀 부탁합니다.」

평타오는 다시 한 번 고개를 숙이고 자리에 앉더니 술잔을 들어 건배를 하고 크게 웃었다.

「하하하, 여하튼 제가 인연을 얻어 이 선생님을 만나게 되었습니다. 이 선생님의 말씀을 들으니 이제 왕부 연구의 새로운 획을 긋는 것 같습니다.」

평타오는 기쁜 나머지 거푸 몇 잔을 더 마셨고 이내 상당히 취해버렸다. 그는 약간 혀 꼬부라진 목소리로 말했다.

「그런데 그 〈오성행상천문지〉는 제목으로 보아서는 오성의 움직임을 지속적으로 관찰한 기록을 모은 것 같은데요.」

「저도 그런 종류의 책일 것으로 짐작은 했습니다. 오성은 지구와 가장 가까운 별들이니 아주 옛적부터 인류의 관심을 끌어왔겠지만 기원전 18세기 무렵 기록이 되었다는 건 놀랍기만 합니다.」

「그렇게 보면 사실 황하 문명이나 요하 문명이 이집트 문명이나 메소포타미아 문명에 비해 그리 늦은 것도 아닙니다. 이집트가 대단하다 하지만 사실 뭐 있습니까? 우리 갑골문자에 비해

보면 그 상형문자라는 건 너무나 원시적인 것 아닙니까?」

정서는 요하 문명이란 말에 귀가 번쩍 뜨였다.

「요하 문명이요?」

「그럼요. 동북아시아 문명의 뿌리가 바로 요하 문명 아닙니까? 하상주 공정에서 확인됐습니다만 중원은 황하 문명, 동북중국은 요하 문명을 이루고 있었어요.」

「동북중국이라뇨?」

「아니, 그러니까 순수 한족이 아닌 북중국이지요. 거기에 동쪽 오랑캐가 끼면 동북중국이고요.」

황하 문명과 같은 시기의 문명 발상지로 새롭게 대두된 요하 문명의 주인공이 한국인이라는 학설을 잘 아는 펑타오는 교묘하게 말을 비틀었다.

「동쪽 오랑캐라면 동이인데요.」

「네, 낮춰서 말하면 동이, 좀 우대해주면 동국이지요.」

펑타오는 거듭 술잔을 들이켜며 혀 꼬부라진 목소리로 말을 이어 나갔다.

「그전 하, 상, 주 시대에는 동이가 한(韓)이에요. 그들이 세력을 한창 떨칠 때였지요. 지금의 한국인들은 고조선밖에 모르지만 고조선 이전에 한이 있었어요.」

상상도 못할 역사가 대취한 펑타오의 목소리를 타고 흘러나왔다. 정서는 온몸이 달아오르며 큰 고함이라도 치고 싶은 감정을 간신히 억누르며 말했다.

「나는 왕부밖에 다른 역사는 잘 몰라요. 사실 한국인으로서 부끄럽지요. 그런데 어째서 한이 고조선의 바른 이름인 거죠?」

「역사라는 건 기록 아닙니까? 가장 오래된 가장 신뢰할 만한 기록을 찾는 게 역사학자들의 사명이지요. '조선'이라는 국명이 처음 나오는 건 '한'보다 훨씬 나중이에요. 조선보다 700년도 더 전에 같은 나라를 한이라고 부른 믿을 만한 기록이 있다면 조선이 아니라 한이라고 불러야지요.」

처음 듣는 평타오의 이 놀라운 소리에 정서의 가슴은 쉴 새 없이 쿵쾅거렸다.

「평 박사님, 이 집 술은 정말 죽이는군요. 향이 말도 못합니다. 이렇게 신선하게 취하는 건 처음인데요.」

「그럼요. 소홍주의 진미를 아직도 보전하고 있는 집은 북경에서는 이 집이 거의 유일한 거 같아요.」

「그런데 아까 뭐라 그랬어요? 동이의 나라 이름이 원래는 조선이 아니고 한이었다고요? 그러니까 한이 먼저 이름이고 나중에 조선이라 불렀는데, 지금 한국인들은 한은 모르고 조선만 안다는 건가요?」

「그렇다니까요.」

비록 흠뻑 취했지만 평타오는 목소리에 힘을 주었다.

「기록이 있습니까? 정말 그런 믿을 만한 기록이 있어요?」

「물론이지요. 주가 유명무실하게 되고 춘추니 전국이니 하는 시대가 본격적으로 역사에 떠오르지 않습니까? 그 주나라의 기록에 한이 나오니 기원전 200년 무렵 중국 사서에 처음 등장하는 조선보다 훨씬 이전이지요.」

「주나라의 기록이라고요?」

정서의 뇌리에 〈지명원류고〉의 그 문장이 천둥소리처럼 울리기 시작했다.

「그럼요. 당신도 알잖아요? 왕부 전문가가 그것도 몰라? 하늘도 알고 땅도 알고 나도 알고 내 마누라도 알고 내 애인도 아는걸, 모두모두 정답게 아는걸.」

정서는 갑자기 테이프가 끊기려 하는 펑타오를 다그쳤다.

「그 주나라의 기록이란 게 뭡니까?」

「에이, 이 선생! 지금 장난하는 겁니까? 왕부 연구의 일류인 이 선생이 내게 장난하는 거예요? 아니면 내가 술이 취했는지 테스트하는 거요?」

정서는 펑타오가 갑자기 몸을 가누지 못하자 마음이 무척 급해졌다.

「그 주나라 기록이 뭐냐고요?」

「장난하냐니까!」

정서는 정신을 잃어가는 펑타오의 귀에 대고 고함을 질렀다.

「주나라 기록이요! 주나라 기록! 그게 뭐냐니까!」

「나 안 취했어! 안 취했다고.」

펑타오는 갑자기 푹 고꾸라져버렸다.

미끼와 미끼

다음날 술이 깨었음직한 시간에 정서는 펑타오에게 전화를 걸었다. 그는 어젯밤의 일을 하나도 기억하지 못하고 있었다.

「너무 기뻐 미친 듯 술을 털어 넣었던 건 기억이 나는데 어느 순간부터 테이프가 끊겨 무슨 말을 했는지 하나도 모르겠어요.」

「계속 절보고 〈유한집〉을 복사해달라고 하셨어요.」

「아마 그랬을 겁니다. 꼭 좀 도와주십시오.」

「물론입니다. 벌써 저는 〈유한집〉의 중요한 내용을 다 얘기하지 않았습니까? 그걸 어제 노트에 다 적으셨잖아요?」

「참, 그렇군요. 정말 감사합니다. 그리고 혹시 제가 해드릴 일은 없습니까?」

「왜 없겠습니까? 저는 펑 박사님이 가지고 있는 왕부 관련 자료를 모조리 보고 싶은 겁니다.」

「일단 웬만한 자료는 거의 사회과학원에 있습니다. 거기는 가

보셨겠지요?」

「물론입니다. 하지만 저는 참고자료실에 있는 것보다 좀 더 전문적인 걸 보고 싶은 겁니다.」

「그렇겠지요. 전문자료실이 나을 겁니다. 거기는 제가 같이 가야만 자료를 볼 수 있으니 내일 오전 10시에 전문자료실로 오세요.」

마침내 계획대로 된 것이다. 평타오를 지근거리에서 살피며 은원이 찾아오길 기다리고 있게 된 것은 물론, 잘만 하면 은원이 추적하고 있는 걸 송두리째 자신이 알아낼 수도 있을 것이었다.

「어서 오세요.」

전문자료실 문을 밀고 들어가자 기다리고 있던 평타오가 정서를 반갑게 맞았다. 잠시 차 한잔을 나누고 나자 평타오는 정서를 직원에게 소개했다. 남자 직원은 평타오의 소개를 받자 고개를 끄덕이면서도 한편으로는 재빨리 한국인인 정서의 모습을 훑었다.

「그럼 편히 보십시오.」

「알겠습니다.」

정서는 평타오가 가고 나자 온갖 종류의 서책이 즐비한 서가 앞에 섰다. 서가 앞에 서는 순간 정서는 당황하지 않을 수 없었다. 정서는 비로소 자신이 큰 착각을 하고 있었음을 알 수 있었다. 갖춘 서책이 수만 권은 족히 되어 보이는 자료실을 가볍게 생각한 게 큰 실수였다. 게다가 수백 년의 세월이 흐르는 동안 사람의 손길이 한 번도 가지 않은 일부 고서들은 손만 대면 찢기거나 분해되어 먼지가 되어버릴 것처럼 낡아 있었다.

자료실의 남자 직원은 쉴 새 없이 눈을 깜박이며 정서의 일거수일투족을 감시하는 기미가 역력했다. 정서는 저녁이 될 때까지 책을 최대한 들추어 보았으나 겨우 오십여 권을 대충 보았을 뿐이라 크게 낙담했다.

자료실이 문을 닫는 시간이 되었을 때 평타오가 나타나자 정서는 불평을 쏟아냈다.

「이건 자료실이 아니라 숫제 창고군요. 이대로는 일 년이 가도 뭘 하나 제대로 볼 수 없을 것 같아요.」

「사실 그렇지요. 저도 이 많은 책 중에 단 한 줄 왕부라는 이름이 나올까 싶어 이십 년을 책 속에 묻혀 살았답니다. 그게 우리 역사 하는 사람들의 숙명이지요.」

「오늘은 아무것도 하지 못했고 내일 역시 무얼 할 수 있을 것 같지 않습니다. 중국에 있는 사람이 일 년 내내 죽치고 봐도 십분의 일이나 볼까말까 한데 한국에서 온 내가 며칠 사이에 도대체 뭘 할 수 있겠습니까?」

「그것 참.」

「혹시 평 박사님께서 내게 자료를 안 보여주려고 이러시는 건 아닙니까?」

「무슨 말씀을요? 저는 오로지 〈유한집〉만 생각하고 있을 뿐입니다. 그걸 위해서는 할 수 있는 건 다 하려 합니다.」

정서는 차라리 평 박사로 하여금 자신이 보고 싶어 하는 자료를 직접 내놓게 하는 게 낫겠다는 생각이 들었다.

「내일은 시간을 좀 내주세요. 제가 보고자 하는 자료를 직접 좀 찾아 보여주시죠.」

평타오는 잠시 생각하더니 결심을 했다는 듯 힘주어 말했다.

「이 선생님은 전문가이시니까 아예 본부로 가는 게 낫겠습니다. 내일 오전에 제 사무실로 오세요.」

「본부요?」

「네. 왕부 자료를 조금 정리해둔 게 있습니다.」

「조금밖에 안 됩니까?」

「말이 조금이지만 사실은 진수들만 뽑아둔 겁니다.」

정서는 드디어 문이 열린다는 생각이 들었지만 만일의 경우 평 박사의 입에서 직접 얘기를 들어야 하겠다는 생각으로 안전장치를 해두고자 했다. 그는 술이 대취하면 축음기처럼 아는 걸 쏟아내는 인물이란 걸 알았기 때문이다.

「참, 그리고 어제는 잘 얻어먹었습니다. 그러니 내일 저녁은 제가 한턱 내고자 합니다. 그 집 술이 너무 맛있어서 아직도 군침이 돕니다. 그 집에서 다시 한잔 하는 게 어떻습니까?」

「좋습니다. 감사합니다.」

두 사람은 악수를 하고 헤어졌다.

다음날 일찍 찾아온 정서를 펑타오는 반가운 표정으로 맞았다.

「본부에 같이 가시죠. 음, 그런데 어떻게 한담.」

「본부라면요?」

정서가 슬쩍 물어보았다.

「아, 삼대공정을 총괄하는 본부가 따로 있습니다.」

「그렇군요.」

펑타오는 잠시 고민하다 이윽고 전화기를 들어 어디론가 전화를 걸었다. 그는 상대방에게 정서의 출입 허가를 요청했지만 여의치 않은 모양이었다. 그러나 끈질기게 다투어 요구를 관철시켰다.

「자, 그럼 갑시다.」

펑타오는 정서를 옆에 태우고 북경 시내를 벗어난 후 교외의 숲속 길을 달려 마치 별장 같아 보이는 한 건물 앞에 멈추었다. 대문 좌우의 카메라가 돌아가는 게 보였고 잠시 후 문은 자동으로 열렸다. 펑타오는 주차장에 차를 대고 내린 후 현관에서 다시 보안카드를 긁어 신원 확인을 하고 건물 안으로 들어섰다.

「이건 흡사 전쟁을 치르는 본부 같군요. 본부장도 학자입니까?」

「아니, 그는 관리입니다.」

정서는 이미 왕부의 〈씨성본결〉과 강족과의 관계를 통해 중국에서는 역사가 바로 현실의 정치라는 걸 느낄 수 있었다. 하지만 학자들이 관리 밑에서 마치 공무원이나 군인처럼 일하는 분위기가 거슬렸다. 그러고 보니 민주주의를 아는 북조선연구소의 주위엔하오 부소장이 천안문 뒤의 야시장에서 거침없이 내뱉던 반정부적 구호가 충분히 이해가 되었다.

펑타오 박사는 비록 왕부 연구의 대가였지만 삼대공정 본부에 와서는 한 사람의 조직원일 뿐이었다. 그는 자료실 입구에서 다시 한 번 담당자에게 부탁인지 애원인지를 한 다음 정서를 자료실에 넣어줄 수 있었다.

정서는 그가 학자로서의 자존심을 모두 내팽개치고 이러는 건 오로지 〈유한집〉 때문이라는 걸 생각하고는 학자의 열정이라는 게 얼마나 무서운 건지 새삼스럽게 깨달았다.

「자, 여기서 마음대로 보세요.」

「여기도 자료 창고인 건 마찬가지군요. 펑 박사님이 안내를 좀 해주셔야 할 것 같습니다.」

「알겠습니다. 무얼 찾아드릴까요?」

「이거 참, 고생을 시키는 것 같습니다.」

「괜찮습니다. 이제 삼대공정이 끝나면 분위기가 좀 풀릴 겁니다.」

정서는 삼대공정에 대해서도 알고 싶은 게 많았지만 꾹 눌러 참았다. 지금은 왕부를 추적해 할 수 있다면 은원을 대신해서 한국 고대사의 비밀을 밝히는 게 급선무였다.

「왕부는 〈지명원류고〉에서 동국과 관련된 두 기록에 감탄하고 있어요. 오성집결을 기록한 걸 보고 다시 그 후예가 천 년 후 주나라를 방문했다는 기록을 본 거죠.」

「결국 오성집결의 사실을 좀 더 명확히 하고 싶다는 얘기군요?」

「네. 학자들이 잘 안 믿으려 하거든요.」

「그런데 한국의 기록에는 오성집결이 나와 있습니까?」

「〈단군세기〉에 분명히 나와 있어요.」

「기록을 꼭 비교사학으로만 검증하려 하는군요. 한국 학계는 그게 문제예요.」

「하지만 풍토가 원래 그러니 내가 인정받기가 참 힘듭니다.」

「크게 잘못된 겁니다. 하상주 공정은 아예 비교할 다른 기록이 하나도 없어요. 고대사라는 게 그렇잖아요. 만약 한국 학자들에게 하상주 공정을 맡겨두면 모두 부정할 거예요. 그 사람들은 일본인들이 가르쳐준 실증사학의 포로예요. 〈단군세기〉에 오성집결이 나와 있으면 그것 자체로 굉장한 기록이에요. 그걸 다른 데 기록이 없으니 못 믿겠다고 한다면 한국 학자들에게 오성집결은 일어나지 않았던 일이지요.」

「그 얘기는 그만 합시다. 어쨌든 오성집결 말고도 〈지명원류고〉에 보면 왕부는 동국의 자손이 오성집결이 일어난 지 천 년 후 주나라를 찾았다고 했는데 도대체 그는 이 기록을 어디에서 보았을까요?」

정서는 질문을 마치면서 온 신경을 집중했다. 어지간해서는 긴장을 하는 법이 없는 그였지만 자신도 모르게 흥분이 되었다. 왜 안 그럴 것인가. 평타오의 입에서 한마디 나오는 순간이 바로 한국 고대국가의 뿌리가 통째로 땅속에서 뽑혀지는 순간이 아닌가.

그러나 정서의 기대와는 달리 이 말을 듣자 평타오는 갑자기 멍한 표정을 짓더니 조금씩 미간을 좁히기 시작했다. 그는 아주 낯선 표정으로 정서의 두 눈을 천천히 들여다보았다.

「아니, 이 선생님. 그걸 모른다고요?」

「네.」

「그럴 리가! 설마 그걸 정말 몰라서 물으려는 건 아닐 테고. 내가 자료를 정말 보여주려는 뜻이 없나 싶어 테스트하는 것도 아닐 테고. 아, 그거야 바로…….」

평 박사의 입에서 결정적 한마디가 튀어나오려는 순간 뒤에서 누군가가 그의 어깨를 탁 쳤다.

「여, 평 박사. 왔으면 바로 내 방으로 와야지요.」

평타오는 반사적으로 뒤를 돌아보다 얼굴에 웃음을 띠었다.

「첸 박사, 오랜만이오.」

첸 박사는 원래 급한 성격인지 옆에 있는 정서는 상관도 하지 않고 따발총처럼 말을 쏟아냈다.

「하얼빈대학의 마오 교수를 시켜 고구려가 우리 한족의 지방정권이라 발표했던 그 논문 말이오. 갑자기 문제점이 발견되었어요. 그래서 지금 동북공정 프로젝트 팀이 아예 고구려는 한족이 세운 나라라고 손질을 하고 있어요. 내일 급히 고구려 관련 심포지엄을 하기로 했기 때문에…….」

평타오는 당황하며 얼른 손을 내저어 첸의 입을 막았다.

「첸 박사, 인사해요. 여기는 한국에서 오신 이 선생이오.」

첸은 정서가 한국 사람이라는 말에 순간적으로 놀라는 눈치였지만 멋쩍게 웃으며 손을 내밀었다. 평타오는 첸을 옆으로 데려갔다. 두 사람은 잠시 소곤거리더니 평타오가 정서에게 와 눈을 찡긋하고는 잠시 양해를 구했다.

「잠깐 일이 생겨 본부장 방에 좀 갔다 오겠어요. 그동안 저쪽의 서가들을 좀 보고 계세요. 왕부 집안의 문집들입니다.」

정서는 첸의 말에 신경이 극도로 곤두섰음에도 아무렇지도 않다는 듯 고개를 끄덕여 보였다. 두 사람이 나가자 정서는 왕부 관련 서적이 즐비하게 꽂힌 서가 앞에 섰지만 글자가 하나도 눈에 들어오지 않았다. 정신을 차리고 몇 권의 책을 뽑아보았으나 역시 사회과학원에서와 마찬가지로 짚더미 속에서 바늘 줍기였다.

정서는 서가에서 빠져나와 테이블에 앉았다. 어차피 평타오의 입을 통해야만 뭐라도 알아낼 수 있을 것 같은데 서가를 어슬렁거리기보다는 지금의 상황에 대해 바른 판단을 내리는 게 중요하다는 생각이 들었던 것이다.

자신은 지금 뜻하지 않게 삼대공정을 수행하는 본부에 잠입한 천재일우의 기회를 잡고 있다. 지금 나타난 자의 말을 들어보면 이곳은 역사를 조작하는 본부임이 틀림없다. 첸이라는 자는 동북공정 프로젝트 팀이 하얼빈대학 교수를 시켜 발표한 논문에 문제가 있으니 새로운 조작에 동참해달라는 얘기를 하려던 것이 틀림없었다.

하지만 오늘은 이런 진상을 캐는 것보다 더 중요한 일이 있었다. 바로 왕부가 본 주나라의 기록을 평타오의 입을 통해 알아내는 것이었다. 평타오의 입에서 결정적 한마디가 나오기 직전에 나타난 그 첸이라는 자가 원망스럽기 짝이 없었다.

그런데 이상한 점이 있었다. 평타오는 왜 자신의 질문에 그렇게 어이없다는 표정을 지었던 것일까. 그는 분명 그것도 모르냐는 듯 자신을 의심스러운 눈초리로 바라보았다. 그런 중요한 기록이라면 못 볼 수도 있는 게 당연한 것 아닌가? 전공 분야가 아닌 정서로서는 당연히 그가 왜 그런 표정을 지었는지 짐작조차 되지 않았다.

정서는 왕부 관련 지식이 터무니없이 부족하다는 점이 뼈아팠다. 자신이 은원 정도의 지식만 가지고 있다면 이번 기회에 할 수 있는 일이 참 많을 것 같았다.

펑타오는 첸의 뒤를 따라 본부장의 방에 들어섰다. 본부장은 싸늘하게 굳은 얼굴로 펑타오를 노려보더니 앉으라는 말도 없이 한 장의 종이를 그에게 내던졌다.

「두 눈 부릅뜨고 잘 읽어보시오!」

펑타오는 놀라 종이를 집어들었다. 거기에는 성도의 시에허 교수가 '위험인물 접촉 보고서'라는 제목으로 보낸 두 사람의 정보가 가득 채워져 있었다. 여자는 익히 알고 있는 한은원이고 남자는 자신이 지금 이리 데리고 온 이정서였다.

「아니!」

펑타오는 깜짝 놀랐다.

「보시오. 이 여자는 펑 박사도 잘 알잖소? 〈씨성본결〉을 찾겠다고 설치는 여자요. 이 남자는 그 여자를 찾겠다고 한국에서 성도로 왔소. 게다가 임경까지 갔었소.」

「그럼 이 이정서라는 사람이 계획적으로 내게 접근했다는 말인가요?」

「틀림없소. 당신은 간첩을 이리 끌고 들어온 거요!」

「아니! 그럴 리가!」

「시에허의 보고서를 못 믿겠단 말이오? 그는 친한(親韓) 학자로 위장하고 있어 한국에서 오는 모든 학자들이 그에게는 일정을 다 알린단 말이오. 이 한은원이라는 여자는 벌써 몇 년째 시에허를 찾아 성도로 오고 있소. 그가 정보를 주는 척하면서 적당히 가로막지 않았으면 벌써 그 여자가 뭘 터뜨렸어도 터뜨렸을 거요. 보통 똑똑한 여자가 아니라니까.」

「나도 이 여자는 만난 적이 있어요. 그런데 이 남자는…….」

「이놈이 더 무서운 놈이오. 어디서 뭐하던 작자인지는 알 수 없지만 수법이 보통이 아니오.」

「아니, 이 남자는 분명 왕부의 대가예요. 학자끼리는 알아볼 수 있어요.」

「무슨 소리요? 그는 교수도 무엇도 아니오.」

「그러나 그는 자료를 갖고 있어요. 〈유한집〉을 가지고 있단 말입니다.」

「나는 〈유한집〉이 뭔지 모르겠지만 이자는 틀림없이 계획적으로 당신에게 접근한 거요. 잘 생각해보시오. 혹시 이 자에게 넘긴 중요한 자료나 비밀이 없는지.」

「없습니다.」

「아직까지 없다는 얘기군. 오늘 여기 데려 왔으니 지금부터는 모르겠지만. 하여튼 이자는 출신을 알 수 없는 뜨내기요. 대가는 무슨 대가란 말이오?」

순간 펑타오는 조금 전 어딘지 이상한 느낌이 들었던 걸 떠올렸다. 그는 동국의 자손이 주나라를 찾아갔다는 사실이 주나라의 어떤 기록에 있는지 물었었다. 그건 틀림없이 이상한 질문이었다.

「어! 그러고 보니…….」

본부장과 첸의 눈길이 즉각 펑타오의 입가에 꽂혔다.

「뭐요?」

「좀 이상한 측면이 있기도 합니다. 조금 전 말이 안 되는 질문을 했거든요.」

「그게 뭐요?」

「왕부가 본 주나라 기록이 뭐냐고 물었는데 확실히 그건 말이 안 됩니다. 그렇군요. 그건 정말 이상합니다. 그는 왕부 전문가가 아닐지도 모릅니다.」

「조금 전까지 확신하던 게 어째서 그렇게 금방 흔들린단 말이오?」

「극과 극입니다. 그는 나도 모르는 걸 알고 있었고 왕부 연구자라면 초보라도 당연히 알아야 하는 걸 몰랐어요. 이상한 자입니다.」

본부장은 모니터를 켰다. 정서의 앉아 있는 모습이 비쳤다.

「저자가 서가에서 편지 한 장이라도 훔쳤으면 좋겠는데…….」

펑타오는 고개를 가로저었다.

「그럴 사람은 아니에요. 그가 〈유한집〉을 가지고 있는 건 확실해요. 소장가가 가졌는지 자신이 가지고 있는지는 모르지만. 아니면 그런 내용을 알 수가 없어요.」

「일단 공안에 넘깁시다. 잡아다 취조를 하면 뭐가 나와도 나오겠지.」

본부장은 인터폰을 눌렀다.

「급히 공안을 불러! 정체불명의 인간이 침입했으니 체포해!」

이때 옆에 있던 첸이 손을 내저었다.

「아니, 펑 박사가 직접 모시고 왔는데 침입이라고 하면 공안도 곤란할 거요. 가자마자 금방 풀려나는 건 말할 것도 없고 자칫 언론에라도 보도되는 날이면 본부장도 골치 아플 거요. 상부에서 문책은 문책대로 당하고.」

「그럼 저자를 어떻게 처리하지요?」

「일단 전화를 끊고 생각을 해봅시다. 가뜩이나 한국, 북조선, 일본에서 동북공정을 비롯한 삼대공정에 극도로 신경을 곤두세우고 있는데 그렇게 감정적으로 처리할 일이 아니오.」

「취소해! 공안 부르는 것 취소하라고!」

본부장은 전화기를 내려놓고 첸에게로 돌아앉았다.

「현재는 저 사람이 아무 위법적 행동을 한 게 없어요.」

「그러나 한 번 혼을 내줘야지 이대로 두면 앞으로 차차 한국 학자들이 중국 전역을 돌아다니면서 자료 수집은 말할 것도 없고 발굴까지 하려 들 거요. 안 그래도 한국의 고려대학교 교수들이 요하 부근을 자꾸 파보겠다고 이런저런 경로로 달려들어 피곤한 판인데.」

「물론 저자를 한번 혼을 내주려고 이러는 거요.」

「어떻게요?」

본부장은 머리가 비상한데다 술수가 능한 첸 박사가 혼을 내주려 한다고 하자 바짝 흥미가 끌렸다.

「방법은 얼마든지 있어요. 펑 박사, 그런데 저 친구가 처음 당신에게 어떻게 접근했어요? 일류 학자들이 그렇게 간청해도 코빼기 한 번 안 보여주는 당신이 웬만해서는 만나주었을 리가 없을 텐데.」

「왕부의 후손 중 한 사람이 펴낸 문집에 〈유한집〉이란 게 있어요. 나도 십여 년 전에 말만 들었지 보지는 못했고 이 중국 천지 어디서도 찾을 수 없었어요. 그런데 저 사람이 그 〈유한집〉을 가지고 있다면서 내게 전화를 걸어왔어요.」

첸은 이 말에 손바닥으로 책상을 쳤다.

「오케이, 바로 그거요.」

「네?」

「그게 거짓말이란 말이오. 그리고 그걸로 개망신을 시킬 수 있고. 저 사람은 교수도 아니고 왕부 전문가도 아니오. 왕부 전문가가 한국에 한 사람이라도 있어요?」

「글쎄, 나도 그 부분이 이상했는데 자기는 희귀서적 소장가가 가지고 있는 걸 보았다고 하기에 의심하지 않았지요.」

「몽땅 거짓말이오. 한국의 쟁쟁한 역사 교수들 중에도 왕부라는 이름 두 자를 아는 사람을 만나보기 힘든데 일개 뜨내기가 그 귀한 문집을 소장하고 있다는 게 믿어져요? 지금 그자가 말하는 〈유한집〉은 당신조차 평생 한 번도 못 본 겁니다.」

그제야 펑타오는 정신이 번쩍 드는 것 같았다. 희귀서적에 눈이 멀어 자신이 너무 경솔했다는 생각이 들었다. 그나마 큰일이 터지기 전에 알게 되어 다행이라는 생각에 펑타오는 가슴을 쓸어내렸다.

「괘씸한 놈! 어쩐지 왕부가 본 주나라 기록이 뭐냐고 물을 때 뭔가 이상하다는 기분이 들더라니! 이놈을 어떻게 죽이지?」

「이놈은 상당히 머리가 좋은 놈이오. 어디선지 〈유한집〉이란 제목을 듣고는 그 내용 일부분을 귀동냥한 거지요. 그리고 약간의 공부를 통해 그림을 그리고는 펑 박사를 우롱한 겁니다. 그러니 이번엔 우리가 거꾸로 그걸 이용하는 거지요.」

「어떻게요?」

「먼저 한국과 북조선 그리고 일본의 학자들이 우리에게 자료를 숨긴다고 심한 불평을 하고 있으니만치 이자의 부도덕함을 크게 내세워 그간의 우리 행위에 정당성을 부여하는 겁니다.」

「그러고요.」

「다음으로는 사기죄로 체포해 형무소에 보내는 거요.」

「그렇게 되면 일석이조로군.」

「내일 오후에 있을 동북공정 세미나에 중요 발표가 있다고 사발통문을 돌려 북경에 있는 한국과 북조선, 일본 학자들을 모두 끌어모읍시다. 그들 앞에서 이자로 하여금 〈유한집〉의 모든 걸 설명하게 하는 겁니다.」

첸의 아이디어에 펑타오가 고개를 갸웃했다.

「그러나 이자는 〈유한집〉의 내용을 어느 정도 알고 있어요. 게다가 이자가 설사 거짓말을 한다 하더라도 우리는 알 수 없어요. 우리 중에도 〈유한집〉을 본 사람이 없으니까.」

그러나 첸은 자신 있는 표정이었다.

「아무리 천재라 하더라도 생전 본 적도 없는 책을 한 시간이나 설명할 수는 없어요. 약간의 지식으로 잠깐 얼버무릴 수는 있지만 쏟아지는 질문에 다 대답할 수는 없는 법이오. 전전긍긍하다 누군가 〈유한집〉을 공개하라고 하면 그는 한국의 소장가가 가지고 있다고 대답할 수밖에 없어요. 바로 그게 포인트지요.」

「아! 그러면 이제 한국 학자들은 다시는 우리에게 자료를 공개하라고 할 수 없겠군요. 무식한 놈들을 끼고 싼 값에 거의 훔치다시피 가지고 나간 우리 것은 공개 안 하면서 우리더러 뭘 보여달라, 공개하라 할 수는 없는 노릇이니까요.」

듣고 있던 본부장의 입이 귓가까지 찢어졌다.

「최고요! 그게 최고요! 저런 놈은 완전히 망신을 시키고 앞으로는 우리더러 자료를 공개하라느니 어쩌라느니 하는 말은 아예 꺼내지도 못하게 하는 게 최고의 계략이요. 역시 첸 박사의 머리 하나는 알아줘야 한다니까! 그럼 지금 당장 연락을 합시다. 북경에 와 있는 학자, 연구원, 교환교수, 유학생 할 것 없이 부를 수 있는 모든 사람을 내일 오후 사회과학원으로 죄 불러 모읍시다.」

펑타오가 아직 분기가 가득한 얼굴로 물었다.

「그런데 지금 당장 저 친구를 어떻게 하지요? 나더러 뭘 보여달라고 하는데.」

첸이 교활한 웃음을 흘렸다.

「그래서 내가 아까 내려가면서 벌써 미끼를 던져두었어요. 고구려가 한족이 세운 나라라고 운을 띄웠으니 이제 저자는 내막을 캐려고 펑 박사 소매를 잡고 졸졸 따라다닐 거요. 아까 내가 말했던 대로 내일 갑자기 고구려 관련 심포지엄이 있어 오늘 내 일은 도와주지 못한다고 해요. 그러면 저 친구는 분명 자신도 고구려 심포지엄에 참석하겠다고 할 거요. 내 미끼를 덥석 물 거란 말이오.」

「흐흐, 그걸로 끝이군요.」

「내일 심포지엄은 다섯시에 시작해 한국인들 기분 좋을 적당한 걸 하나 발표하고 두 사람은 여섯시에 도착하도록 해요. 빠져나가지 못할 상황을 만들어야 하니까.」

정서는 펑타오가 매우 미안한 표정으로 나타나 급한 사정이 생겼다고 하자 직감적으로 그게 고구려의 역사 조작과 관련된 문제임을 알아차렸다.

「고구려 관련 심포지엄 때문인 모양이죠?」

「그렇습니다. 그러니 오늘 내일은 도저히 시간이 안 되겠어요.」

「그러면 저도 내일 그 심포지엄에 참석하는 게 어떨까요? 별로 할 일도 없는데.」

「그렇게 하세요. 그런데 아까 들었던 말 때문이라면…….」

「아까요? 그분 말이 워낙 빨라 무슨 말인지 알아들을 수 없었어요. 가뜩이나 중국어가 미숙한데 그렇게 따발총같이 뱉어내니.」

「하긴 그 사람 말은 어떤 때는 나도 알아들을 수 없어요.」

정서는 이것 역시 절호의 기회라 생각했다. 조금 전 자신이 들었던 얘기는 놀라웠다. 하얼빈대학 마오 교수의 이름을 빌려 발표한 논문에 문제가 있어 조작된 내용을 바꾼다고?

「그럼 저는 먼저 갈까요?」

「네, 직원이 차로 모셔드릴 겁니다. 내일 오후 다섯시 반에 일단 제 사무실에서 만나기로 하지요.」

「알겠습니다. 그 시간에 그리 갈게요. 그리고 심포지엄이 끝나면 왕부 얘기를 좀 해주셔야 합니다. 마침 술도 한잔하기로 했으니.」

「그럼요. 아는 건 모두 다 대답해드리죠. 뭐든 물어보세요.」

모든 게 계획했던 이상으로 잘 되어가고 있었다. 펑타오가 미리 연락을 해두었는지 직원 한 사람이 와 정서를 현관 앞으로 안내했다. 이들이 웬일인지 자신을 대하는 예우가 달라졌다는 것을 얼핏 느끼면서 정서는 차에 올랐다.

모든 일이 잘 풀리는 것 같은데 은원은 도대체 어디에 있는 것일까? 목 반장을 비롯해 누구로부터도 연락이 없다. 그럼 신변에 변화가 없다는 것이니 일단은 계획대로 펑타오 주변에서 은원을 기다려보자고 생각을 정리하며 정서는 천안문 광장에서 내렸다.

함정

약속한 시간에 나타난 정서를 보는 펑타오의 표정은 아주 즐거워 보였다. 그는 기사가 딸린 차를 준비해두었다가 곧바로 같이 내려가 사회과학원으로 향했다. 이런저런 세상 돌아가는 얘기를 하던 펑타오는 차가 사회과학원에 다다르고 나서야 심포지엄 얘기를 꺼냈다.

「급히 열리는 심포지엄이긴 하지만 연락이 잘돼 북경에 있는 한국과 북조선 및 일본의 학자와 연구자들이 대거 참석했답니다.」

「그래요? 그런데 왜 이렇게 갑자기 심포지엄을 열게 되었습니까?」

「사회과학원에서 주도하는 동북공정 때문에 말이 많아서 그런 거지요. 오늘 발표되는 논문도 처음에는 하얼빈대학의 마오 교수가 고구려가 중국의 지방정권이었다고 한 논문을 동북공정 프로젝트 팀이 아예 고구려 자체를 한족이 세웠다고 바꾸는 겁니다. 웃기는 일이지요.」

정서는 비록 중국인이지만 학자의 양심에 따라 비판적 시각에서 솔직하게 말해주는 펑타오 교수가 대단하다는 생각이 들었다.

「왜 그런 말도 안 되는 공작을 할까요?」

「글쎄요.」

펑타오는 계면쩍은 웃음을 흘렸다.

「정부에서 8억 달러 이상을 들여 동북공정을 비롯해 삼대공정을 하고 있으니 정치적 의도가 있다고 봐야겠지요?」

「저는 정치는 잘 모릅니다. 하지만 하나 확실한 건 우리가 왕부 같은 사람 연구를 철저히 해 잘못된 역사를 바로잡아야 하는 것 아니겠습니까.」

「옳은 말씀입니다. 참, 그래서 심포지엄 시작하기 전에 왕부 연구의 중요성을 제가 좀 얘기하고 이 선생님을 잠깐 소개하고자 합니다.」

정서는 뜻밖의 말에 놀랐다.

「아니, 저를 왜요?」

「중국과 한국이 올바른 역사를 위해 왕부 연구에 협력하고 있다는 의미지요. 이 선생님은 사회자가 호명하면 그냥 간단하게 왕부가 죽었을 때 형부에서 감찰관이 나왔다는 것과 왕부의 저작 〈씨성본결〉이 강족의 난을 불러일으켰다는 것만 얘기를 해주세요.」

「저는 그럴 자격이 없습니다. 저는 빼주시죠.」

「아니, 이런 게 동북공정 프로젝트 팀에게 자극을 줄 수 있습니다. 한국에서도 알 만큼은 아니 함부로 역사 조작을 하지 말라는 조용한 경고가 되지요.」

「뜻은 좋습니다만 아무리 생각해도 제가 나서는 건 좀 그렇습니다.」

「핵심적인 얘기만 아주 간단하게 하면 됩니다. 그 형부에서 감찰관이 나왔다는 얘기 정도 말입니다.」

가볍게 밀고 당기는 사이 두 사람은 회의장에 들어섰고 미리 준비된 맨 앞자리에 앉았다. 맨 앞자리만 드문드문 빈 걸로 보아 심포지엄의 열기가 만만치 않다는 게 피부로 와 닿았다. 사회자는 두 사람을 확인하자 바로 단상으로 올라와 절차를 진행했다.

「아, 지금 펑타오 박사님과 이정서 선생님이 도착하셨습니다. 두 분을 단상으로 모시겠습니다.」

펑타오가 일어나며 팔을 잡자 정서도 할 수 없이 따라 일어났다. 정서는 이미 자리가 꽉 찬 걸로 보아 자신들이 조금 늦게 도착했나보다 생각하며 펑타오의 뒤를 따라 단상으로 올라갔다.

「한국 사람 아냐?」

펑타오는 정서를 옆에 둔 채 마이크를 잡더니 바로 얘기를 시작했다.

「왕부연구소의 펑타오 소장입니다. 저는 며칠 전 아주 희귀한 서적인 〈유한집〉을 가지고 있다는 전화를 받고 한국에서 온 이정서 선생을 만났습니다. 그래서 우리는 사회과학원의 전문자료실과 북경 시외의 삼대공정 본부를 돌아다니며 왕부의 저작과 후손의 문집 등 많은 자료를 같이 보았습니다.」

좌중에서 와 하는 소리가 들렸다. 외국인으로서는 접근이 거의 불가능한 최고의 자료들을 정서가 보았다는 사실에 놀라는 소리였다.

「우리는 앞으로도 같이 왕부 연구를 해나갈 것입니다. 그럼 한국의 위대한 왕부 전문가 이정서 선생님을 소개합니다. 〈유한집〉과 관련해 간단한 질문 한두 개만 받고 제 발표를 시작하겠습니다.」

정서는 펑타오를 쳐다봤다. 펑타오는 편한 얼굴로 고개를 끄덕였다. 미리 애기한 대로 하면 된다는 뜻이었다. 부담이 되지 않는 바는 아니었지만, 정서는 들려오는 박수 소리를 향해 웃으며 고개를 숙였다.

그러자 한 중국인 학자로부터 바로 질문이 날아왔다.

「일설에 의하면 왕부는 강족의 난과 관련해 대장군 국광에게 성토당했다고 하는데, 〈유한집〉에 그런 내용이 있습니까?」

다행히 아는 내용이었다.

「네, 있습니다. 〈유한집〉은 왕부의 손자가 쓴 문집인데 거기에는…….」

대답할 수 있는 건 이것 하나뿐이었기 때문에 정서는 될 수 있는 대로 길게 대답했다. 청중들은 정서의 답변에 흥미진진한 반응을 보였다.

정서는 긴 답변을 끝내고 펑타오를 쳐다보았다. 어서 나와 마이크를 받으라는 의미였다. 펑타오는 단상 한편에 서 있다 천천히 걸어 나와 마이크를 넘겨받았다. 이때였다. 가운데 줄 중앙에 앉아 있던 한 사람이 손을 번쩍 들었다. 그는 앉은키도 큰데다 너무도 곧게 팔을 들고 손가락까지 쭉 펼쳤기 때문에 모든 사람들의 눈에 띄었다.

「네, 말씀하세요.」

「아니, 펑 박사님이 아니라 이정서 선생님께 드리는 질문인데요.」

좌중에서 웃음이 일었다.

펑타오도 웃으며 질문자에게 편하게 말했다.

「짧게 질문해주세요. 아주 짧게요.」

「네, 아주 짧습니다.」

펑타오가 할 수 없다는 듯 마이크를 정서에게 넘기자 질문자는 자리에서 일어났다. 그는 키도 컸지만 체격도 우람했다. 자리에서 일어난 그는 몸을 돌려 뒤를 쳐다보고 나서 다시 좌우의 청중들을 둘러보았다. 사람들의 관심과 주의를 끌어들이는 행

동이었다. 모두의 눈길이 자신에게 쏠리는 걸 확인하고 난 그는 크고 신중한 목소리로 천천히 입을 열었다.

「궁금한 게 많지만 짧게 하라고 하시니 그렇게 하겠습니다. 〈유한집〉의 저자는 누구입니까?」

너무나 짧은 질문이었지만 그의 입에서 질문이 뱉어지는 순간 정서는 아차 했다. 대답할 수 없는 질문이었던 것이다. 정서는 당황했지만 재치로 넘길 참으로 웃으며 지체 없이 대답했다.

「갑자기 생각이 나지 않는군요. 이렇게 여러 사람 앞에 서서 그런가 봅니다. 평소 저의 별명이 주눅대왕이거든요.」

정서의 재치는 유효했다. 웃음소리가 크게 일었고 정서는 위기를 넘겼다고 생각했다. 그러나 그 자리에 선 채 미동도 않던 질문자는 웃음이 잦아들자 화난 목소리로 되물었다.

「문집을 보고 연구한 분이라면 최소한 문집의 저자 이름은 대답해줘야 하지 않습니까? 저는 이 〈유한집〉을 찾아 오랜 세월을 헤맸고 오늘 너무 기뻐 모든 일을 제쳐두고 중경에서 비행기를 타고 이리 날아왔습니다. 저자 이름을 말씀해주세요. 왕부의 손자라는 그 사람 이름 말입니다. 문집이란 서두에 가장 큰 글씨로 저자의 이름을 써놓는 법이 아닙니까? 생각이 안 나면 시간을 들여서라도 생각해내 주십시오.」

웃음이 가라앉고 좌중이 조용해졌다. 사람들은 당연히 질문자의 설득력 있는 말에 수긍했다. 실내의 모든 시선이 정서의 입으로 향했다. 정서는 지금으로서는 아무 이름이나 주워댈 밖에 달리 방법이 없다고 생각했다.

「갑자기 생각이 안 나지만 왕라이라는 이름이 떠오르는군요.」

일단 이렇게 상황을 피하는 수밖에 없었다. 그러나 그것은 정서의 순진한 바람이었다. 사내는 끈질겼다.

「아닙니다! 〈유한집〉은 왕부의 손자가 쓴 책인데 왕부에게는 외아들만 있었고 그는 아들 셋과 딸 셋을 낳았습니다. 아들의 이름 중에 왕라이는 없습니다. 즉 왕부의 손자 중에 왕라이라는 이름은 없다는 말입니다. 정 생각이 안 나면 제가 세 손자의 이름을 하나하나 불러보겠습니다. 그러면 생각이 나지 않겠습니까?」

그제서야 정서는 상황이 이상하게 돌아가고 있음을 깨달았다. 상대는 도저히 대충 얼버무리고 넘어갈 수 없도록 질문을 하고 있었다.

「어떻습니까? 불러드릴까요?」

정서는 펑타오를 쳐다봤다. 이 상황을 넘길 수 있는 유일한 길은 펑타오가 개입해 나중에 개별적으로 찾아오라든지 하며 국면을 바꾸는 것이었지만 펑타오는 역시 정서를 외면하고 있었다.

함정이다!

정서의 뇌리를 때리는 소리였다.

질문자는 이제 진지한 목소리로 따지듯 말했다.

「아까 〈유한집〉에 대해 그렇게 상세히 설명을 하셨으니 저자 이름을 모른다는 건 얘기가 안 되지 않습니까? 그러면 정말 제가 세 손자의 이름을 차례로 불러드릴까요? 혹시 한국에서 오신 이정서 선생님은 〈유한집〉을 본 적이 없으면서 거짓말을 하고 계신 건 아니시겠지요? 한국에선 어떤지 몰라도 중국의 학회에서는 거짓말을 한다는 건 용납되지 않습니다.」

질문자의 자극적인 발언은 이내 한국 학자들의 분노를 불러일으켰다. 좌중이 웅성거리더니 고함소리들이 터져 나왔다.

「말조심해, 당신!」

「무슨 개소리를 하는 거야!」

욕설은 이내 정서에 대한 채근으로 연결되었다.

「빨리 말해줘 버려요!」

「헷갈릴 게 뭐 있어? 저자 이름인데.」

정서가 머뭇거리자 질문자는 다시 강하게 압박을 해왔다.

「〈유한집〉을 실컷 설명해놓고 저자가 누구인지 모른다면 말이 됩니까? 도대체 자신이 연구한 문집의 저자를 잊어버린다는 게 말이나 됩니까? 그럼 손자들의 이름을 부르겠습니다.」

'음, 이놈들이…….'

생각을 더듬어보니 펑타오가 자신이 완강히 거절하지 못하도록 부드럽게 권유한 것도 그렇거니와 심포지엄에 도착한 시간도 의미심장했다. 자신은 도착하자마자 단상으로 불려나와 일차 상세한 대답을 할 수 있는 질문을 받았고 다음으로는 이 괴상한 질문자를 만났다. 모두가 짜여진 수순이었던 것이다.

정서는 더 이상 앞으로 나아가서는 안 된다는 결론을 내렸다. 앞에 어떤 지뢰가 있을지도 모른 채 당장 몰아닥치는 상황만을 피하려 들다가는 자칫 돌이킬 수 없는 결과를 초래할 수도 있었다. 자신 혼자 망신당하는 건 어쩔 수 없다 치더라도 질문자가 굳이 국적을 거론하며 한국 학자들을 자극하는 걸로 미루어볼 때 어쩌면 생각보다 큰 음모가 있을는지도 몰랐다.

정서는 그러나 달리 뾰족한 수가 생각나지 않았다. 자신은 벌써 〈유한집〉에 대해 장황하게 설명한 뒤였다. 자신이 아무리 뛰어난 능력을 가지고 있다 해도 이 많은 전공자들을 앞에 두고 전혀 모르는 이야기를 할 수는 없었다. 정서는 자신의 부주의와 그 부주의의 허를 파고든 상대방에 대해 생각해보았다.

펑타오가 다가와 마이크를 받아들었다. 정서는 마이크를 넘겨주고는 단상 밑으로 내려갔다.

펑타오는 묘한 웃음을 흘리며 정서의 뒷모습을 바라보다 우렁찬 목소리를 뱉어냈다.

「여러분, 방금 전까지 여기 서 있던 이정서 선생은 천안문 광장에서 〈유한집〉을 헐값에 사 한국에 가져갔다고 했습니다. 방금 우리는 그로부터 〈유한집〉의 내용을 들었습니다. 그런데 그는 저자 이름조차 모른다고 합니다. 이것이 무얼 말하는 걸까요?」

펑타오는 잠시 말을 끊고 좌중을 둘러보았다. 모든 사람들이 각자의 표정으로 펑타오의 말에 귀 기울이고 있었다.

「결론은 둘 중 하나입니다. 하나는 그가 가지고 있지도 보지도 못한 〈유한집〉을 빌미로 본인에게 거짓말을 하고 접근해 극히 중요한 우리 중국의 희귀 자료들을 마구 헤집고 다녔다는 겁니다.」

그는 혐오스럽다는 표정으로 정서를 노려본 후 자신만만한 어조로 말을 이어 나갔다.

「학자로서의 양식이 지극히 의심됩니다. 또 하나 우리가 알 수 있는 사실은, 그는 부정한 방법으로 얻은 자료를 한국으로 가지고 나가 지금껏 한 번도 공개한 적이 없다는 겁니다. 저는 왕부 연구의 전문가로 이런 자료가 있는 줄 알았으면 하늘 끝까지 땅 끝까지라도 갔을 겁니다. 하지만 그는 부정한 방법으로 입수한 자료를 꽁꽁 숨겨두고 단 한 번도 공개하지 않았습니다.」

정서는 어이없는 눈으로 그를 바라봤다.

「그게 한국 학자들의 방법입니까? 여러분들은 우리가 자료를 숨긴다고 불평과 비난을 멈추지 않아왔지만, 오늘 일을 겪으면서 도둑질한 자료를 공개하지 않는 건 바로 한국 학자들이 아닌가 생각해보게 됩니다. 정작 비난을 받아야 할 사람들이 누군지 이제 다시 생각해보기 바랍니다.」

평타오가 말하는 도중 곳곳에서 탄식이 터져 나왔다.

「이제 자료는 다 봤군!」

「어째 저런 놈이 여기에 다 나타났을까!」

「이게 도대체 무슨 망신이야!」

평타오는 더욱 당당한 목소리로 한참이나 더 웅변을 토했다.

화가 난 한국 학자들 중 몇 사람이 밖으로 나가버리려다 문을 잠근 채 지키고 선 직원들과 충돌하는 소리가 들렸다.

「문 열어요!」

「안 됩니다.」

「안 돼? 왜 안 된다는 말이오?」

「아까 그 사람이 도망가려 한단 말이오.」

한국 학자들은 도로 자리에 와 앉았고 정서는 더더욱 난감했다. 정서는 자신에 대한 분노로 폭발해버릴 지경이었다. 아직까지 고작 이 정도밖에 안 되면서 세상을 구하겠다고, 친구를 구하겠다고 나섰단 말인가? 어리석은 자신 때문에 마음껏 역사 조작을 하며 중요 자료는 철저히 숨기고 내놓지 않는 중국 학계로부터 한국의 학계 전체가 욕을 당하고 있다는 사실은 분노를 넘어 참담했다.

정서는 지금이라도 사실을 밝히고 치욕을 벗어날까도 생각했지만, 그렇게 하면 자신의 명예는 회복될 수 있을지 몰라도 그것은 곧 은원을 백일하에 드러내는 것과 다를 바 없는 일이었다.

이때 한 사람이 자리에서 일어났다.

「펑타오 박사, 당신네들 너무 심하지 않소? 그에게도 틀림없이 어떤 사정이 있을 거요. 그러니 그 연유를 한번 들어봅시다.」

펑타오는 오히려 잘됐다는 표정으로 눈길을 정서에게 홱 돌렸다.

「자, 이 선생. 내가 틀린 말을 했어요? 한 번 보지도 못한 〈유한집〉을 가지고 나를 속이고 든 데 대해 할 말이 있으면 해봐요. 여기 올라와서 당당하게 말해보란 말이오.」

한국 학자들은 분을 이기지 못한 나머지 계속 고함을 질러댔다.

「올라가요!」

「가서 말해요!」

「뭐라도 주워대! 이 바보야!」

정서는 서서히 눈을 감았다. 모든 생각과 감정을 가라앉히고 생각을 정리하려는 참이었다.

그때 정서의 무릎 위로 작은 새처럼 가볍게 내려앉는 무언가가 있었다.

은원의 출현

정서는 눈을 번쩍 떴다.

〈유한집〉

분명 〈유한집〉이었다. 낡고 빛바랜 고서적의 겉표지에 쓰인 세 글자가 정서의 망막을 파고들었다. 정서는 반사적으로 옆으로 고개를 돌렸다. 조금 전까지도 비어 있던 옆자리에 어느새 한 사람이 와서 앉아 있었다. 고개를 약간 숙이고 있었지만 정서는 바로 알아볼 수 있었다.

은원.

분명 은원이었다.

「한은원!」

거기 은원이 미안해하는 얼굴로 정서를 바라보고 있었다.

「드디어 나타났군.」

「그래. 정말 정서 너였구나.」

「이거 극적인 상봉이로군.」

「미안해. 이런 일을 당하게 해서.」

「그런데 이건 뭐야?」

「나가서 이 책을 줘버려.」

「뭐라고?」

「〈유한집〉이야. 주인에게 양도받았으니까 여기서 평타오에게 줘버려.」

정서는 은원의 얼굴을 다시 한 번 바라보고 자리에서 벌떡 일어났다. 단상으로 뚜벅뚜벅 올라가는 그의 발소리에 좌중은 모두 침묵했다. 평타오는 이제 곧 일어날 통쾌한 장면을 떠올리며 만족스런 웃음을 지었다. 첸이 훈련시킨 질문 부대가 이 가엾은 한국인을 무차별적으로 두들기기 직전인 것이다.

정서는 평타오에게 다가가 뜻밖에도 웃음을 지어 보였다.

평타오는 순간적으로 혼란스러웠다. 이런 상황에서 미소 지을 수 있는 사람이 세상에 얼마나 있을까. 정신을 놓아버리지 않고서야 그럴 수는 없었다. 하지만 정서의 눈빛은 또렷했고 어디에도 정신을 놓아버린 흔적은 없었다. 정서가 가까이 오자 그는 자신도 모르게 마이크를 내밀었다. 정서는 여유 있는 동작으로 마이크를 받아서는 입가에 댔다.

「여러분! 주늑대왕인 제가 별수 없이 책을 꺼내보게 되었습니다. 꺼내보니 〈유한집〉의 저자는 왕쯔양이군요. 여러분 바로 여기 〈유한집〉이 있습니다. 저는 이 문집을 왕부연구소장 평타오 박사에게 영구적으로 양도하는 바입니다.」

순간 좌중에 거대한 침묵이 깔렸다. 정서는 놀라움으로 얼어붙은 평타오에게 문집을 내밀었다. 평타오는 얼른 두 손을 내밀어 책을 받았다.

「진짜야?」

「그것도 가짜 아냐?」

「확인해봐!」

평타오는 겉표지로 눈길을 옮겼다. 〈유한집〉이라는 세 글자가 고색창연한 빛깔을 띠고 표지를 세로로 수놓고 있었다. 그 당시 학자들 사이에 유행하던 흘려 쓴 초서체로 보나 오랜 세월의 더께가 내려앉아 이제는 표지와 거의 구분이 안 가는 고색창연한 지질로 보나 분명 한대의 서적이었다. 평타오는 조심스럽게 낡은 문집을 한 장씩 넘겼다. 그는 책장을 넘기며 정서가 말했던 형부에서 보낸 감찰관과 관련된 서술을 찾았다.

「으음!」

문집을 몇 장 넘기지도 않아 분명히 정서에게서 들었던 형부 감찰관의 얘기가 그대로 실려 있었다.

평타오는 자신의 눈을 믿을 수 없었다. 그러나 믿지 않을 도리 또한 없었다. 그는 갑자기 모든 것이 크나큰 착각이었다는 생각이 들었다. 처음부터 이 사람 이정서에게는 아무런 문제도 없었다. 그는 분명히 자신도 모르는 왕부 사망의 세세한 부분을 알고 있었고 〈유한집〉에도 틀림없이 그런 내용이 있는 것이다.

뜻밖의 상황 변화에 놀란 한 사람이 자리에서 일어나 단상으로 올라왔다. 바로 첸 박사였다. 그는 펑타오의 손에서 문집을 빼앗듯 낚아채서 표지부터 내용까지 속속들이 살폈다.

「이, 이럴 수가!」

그의 입에서 놀란 목소리가 저절로 새어 나왔다. 어떻게 돌아가는 일인지 분위기를 파악한 좌중에서 심한 야유가 쏟아지기 시작했다.

「우리 이 선생에게 사과합시다!」

누군가 외치자 좌중의 학자들이 거의 자리에서 일어났다. 그들은 한 사람씩 정서의 앞으로 걸어 나와 손을 내밀었다. 한국 학자들은 물론 북한과 일본, 심지어는 중국의 학자들까지 손을 내밀거나 고개를 숙였다. 좌중의 움직임이 가라앉자 펑타오가 마이크를 잡았다. 한참 입가를 맴돌다 나온 그의 목소리는 어느 새 약간 물기가 묻어 있었다.

「왕부 연구를 시작한 이래 30년이 지났지만 이렇게 부끄럽고 감격스러운 순간은 한 번도 없었습니다. 누구도 이렇게 기꺼이 자료를 내주는 사람은 없었습니다. 같은 중국인이라 하더라도 어떤 보상이든 취하려 들었지 자신이 비싸게 입수한 자료를 쾌척하는 사례가 없었습니다. 저는 이렇게 훌륭한 분을 의심하고 괴롭히기까지 했으니 학자라 할 수도 없습니다.」

좌중의 학자들 사이에서도 다시 한 번 자탄하는 목소리가 들렸다.

「그간 삼대공정 프로젝트 팀을 중심으로 사회과학원의 일부 연구원들이 역사를 일정한 방향으로 몰아가고 그 방향에 방해가 되는 사료들은 은폐하거나 공개를 거부함으로 인해 동북아시아 역사 연구에 큰 장해가 되고 있음을 오늘 이 자리를 통해 진심으로 반성하며 고발하는 바입니다.」

그는 말을 끊고 정서를 잠시 바라보았다. 그의 눈길에는 진심에서 우러난 부끄러움과 회한이 담겨 있었다.

「어제 삼대공정 본부에서 고구려 역사를 조작하는 흔적을 분명히 목도했음에도 불구하고 오늘 이렇게 중요한 왕부의 사료를 건네주는 이 선생님의 손길에서 저는 다시 태어나야 한다는 역사학자로서의 양심을 찾게 되었습니다.」

단상 밑에 앉아 있던 삼대공정 본부장의 얼굴에 점점 불안감이 차오르기 시작했다. 저 불안정한 사람이 무슨 말을 할지 모른다는 생각이 들자 그는 프로젝트 팀의 몇몇 직원에게 귓속말을 했고 직원들은 황급히 밖으로 뛰어나갔다.

「근간 발표되는 고구려 역사 관련 논문들은 사실 사회과학원, 엄밀히 얘기하면 삼대공정 본부의 지휘와 감독을 받고 있습니다. 학자들이 양심에 따라 논문을 쓰는 게 아니라 고구려 역사를 없애는 쪽으로 일사불란하게 지휘를 받고 그에 반하는 생각이나 논문을 쓴 사람은 각종 불이익을 당하게 되어 있습니다.」

「무슨 개소리야!」

「펑타오, 내려와!」

몇몇 공정프로젝트 팀의 학자들이 외쳤지만 이내 남북한과 일본 학자들의 고함소리에 묻혀버렸다.

「조용히 해!」

「학자가 양심선언 하는데 왜 간섭이야!」

「당신들도 배워!」

펑타오는 좌중의 학자들을 크게 한번 둘러보았다. 그리고 그는 손에 들린 〈유한집〉에 눈길을 돌렸다. 새삼 감동을 느끼는 모양인지 그의 목소리가 갈라져 나왔다.

「지난번에 하얼빈대학의 마오 교수가 발표했던 논문은 고구려를 한족이 세운 중국의 한 지방정권으로 규정했습니다. 하지만 생각지 않은 문제가 발생했던 겁니다. 고구려, 백제, 신라가 같은 언어를 썼다는 점이 간과되었던 겁니다. 고구려를 부정하려면 백제와 신라를 같이 부정해야 하는 상황이 발생하자 이번에 동북공정 팀은 중국의 지방정권은 부정하고 대신 고구려를 한인 지배층이 세운 후 그 후손들이 백제와 신라로 내려갔다는 논문을 만든 겁니다. 고구려 이전의 한민족은 문명도 나라도 갖지 못한 사람들로 규정하는 겁니다. 하지만 …….」

이 순간 마이크가 갑자기 꺼져버렸다.

「뭐야!」

「마이크 켜!」

좌중에서 흥분한 학자들의 목소리가 터져 나오고 혼란에 휩싸이자 은원이 정서의 소매를 끌었다.

「우리 이제 나가자.」

「그러지.」

흥분한 좌중에 섞여 조용히 그 자리를 빠져나오는 두 사람의 눈에 몇 사람에게 팔을 붙들린 채 끌려나가는 펑타오의 모습이 들어왔다.

은원의 팔에 이끌려 향한 좁은 골목의 한 음식점에 자리를 잡은 정서는 주위를 조심스럽게 둘러보았다. 마침 술을 마시던 손님이 계산을 하고 나가자 작은 음식점에는 둘만이 남았다. 그제서야 정서는 은원의 얼굴을 찬찬히 들여다보았다. 고생을 했을 얼굴치고는 비교적 편안하고 여유가 있어 보였다.

「모든 게 뜻밖이군.」

은원은 미소 지었다.

「네가 이런 대단한 일을 하고 있을 줄은 미처 몰랐다.」

「너도 너무 고생했어.」

「고생은 무슨. 하하, 우리 역사에 대한 자각을 할 수 있는 좋은 기회였다고 해두자. 그런데 일본 건은 어떻게 된 거야? 누구를 대신 보낸 거 같던데.」

「어떻게 알았어? 아무도 눈치 못 챌 줄 알았는데.」

「거듭 생각하면 눈에 보이는 법이거든.」

은원은 말없이 정서를 바라보았다. 역시 날카로운 사람이라는 생각과 동시에 듬직한 기분도 들었다.

「그래, 일본은 내가 간 게 아니었어. 4년 전부터 언니 동생하고 지내는 중국 교포가 있거든. 성도에는 우리 동포가 거의 없는데다 생긴 것도 나를 닮아 자연히 친해졌지. 평소 그 애가 일본에 꼭 한번 가보고 싶다고 해서 이번 기회에 내 여권을 이용해 다녀오게 한 거야. 일부러 시에허 교수의 조교로 하여금 김영일 교수에게 내 팩스를 보내도록 해 내가 일본에 간 것으로 믿게 만들었구. 그 사이 나는 그들의 눈을 피해 임경으로 갈 수 있었던 거구.」

「대충은 짐작했었어. 그런데 내가 임경까지 오리라곤 어떻게 확신했지?」

「사실 나는 네가 내 뒤를 쫓아왔는지 몰랐어. 성도를 떠나 웹하드를 열어보고 나서야 네가 접속했다는 걸 알았지. 혹시 올지도 모른다고 생각해서 메모를 남기기는 했지만 확인할 방법도 없었고 지체할 시간도 없었어. 마냥 널 기다리고 있을 수만은 없었던 거야.」

「그런 믿음도 없이 나를 끌어들였단 말야?」

정서가 일부러 화난 표정을 지어 보였다. 은원이 웃으며 말했다.

「사실 이번에 중국에 오면서 많이 두려웠어. 그전부터 뭔가 방해의 손길을 느꼈거든. 만약 무사히 일을 끝내고 돌아가면 다행이지만 그렇지 못하다면 나를 구해주러 올 왕자가 필요했던 거지.」

「겁도 없군.」

「미진이 아이디어이기도 했어. 한국에서라면 자기가 나를 도울 수 있지만, 중국 같은 외국에서 내게 힘이 되어줄 사람이 있으면 좋을 텐데 하면서 정서, 니 얘길 하더라.」

「미진이가?」

「그래서 떠나기 전날 웹 폴더 안에 파일을 남겨두었던 거야. 사실 정말 볼 거라고 기대하지 않았지만, 만약 보게 되고 그 사람이 옛날의 우리 친구 정서가 맞다면 분명히 힘이 돼줄 것이다, 그런 암시를 걸었던 거지.」

정서는 일단 미진의 죽음에 대해서는 말을 않기로 했다.

「그런데 메일은 왜 안 열어보았던 거지? 박 교수님도 나도 메일을 보냈는데.」

「중국에 와 얼마 지나지 않아서부터 웬일인지 내 메일을 전혀 사용할 수 없었어. 아예 접속이 안 되거나 들어오는 파일은 심하게 깨져서 들어왔거든. 마침 시에허 교수가 나를 무섭게 감시한다는 걸 알게 되었을 무렵이라 그때부터 컴퓨터를 사용하지 않았어.」

정서는 그럴 것이라고 예상은 했었다. 요즘은 웬만한 해커 능력만으로도 한 개인의 메일을 무용지물로 만드는 건 전혀 어려운 일이 아니었으니까.

「그나마 웹하드가 노출되지 않았던 거군.」

「그랬지. 나는 성도를 떠나 인터넷에 접속해보고 네가 웹하드 속 폴더를 열었다는 걸 알았어. 그래서 즉시 아메이 교수에게 전화를 걸어 혹시 누가 찾아오면 책을 보여주라고 했던 거야.」

「그런데 그 책의 그 구절을 보고 왕부의 고향을 떠올리라는 주문은 너무 심했다고 생각하지 않아?」

「누구도 믿을 수 없는 처지였기에 그 이상의 정보는 곤란했어. 그게 아메이 교수라고 해도 말이야. 웹하드를 보았다고 해서 네가 달려와 줄지도 모를 일이었지만 만약 거기까지 찾아올 정도라면 네게 그런 정도의 암시는 아무것도 아닐 거잖아. 니가 누구니. 바로 정서잖아, 이정서. 우리 시대 최고의 두뇌.」

「허, 여전히 짓궂네. 그럼 그렇게 위험스럽게라도 임경에 가야 했던 이유는 도대체 뭐야? 시에허 말대로 그 책을 찾아서인가?」

은원은 고개를 끄덕였다. 정서가 곁눈질로 바깥의 어둠을 살피며 말을 이었다.

「내가 알아본 바로는 〈씨성본결〉은 이미 청대에 완전히 소멸됐거든. 네가 그걸 모를 리 없었을 텐데?」

「시간의 더께는 후세의 사람들이 아무리 지우려고 해도 완전히 지울 수는 없는 거라고 생각해. 지금까지 찾지 못하고 있다 해서 세상에 존재하지 않는다고 확정할 수 없는 거와 같은 이치지. 비록 그 책이 지금까지 눈앞에 나타나지는 않았지만 나는 세상 어딘가에서 후세의 손길을 기다리며 반드시 존재하고 있다고 믿어.」

조금 전과 달리 단호히 대답하는 은원의 의지에 정서는 숙연해지기까지 했다.

「성격도 여전하네. 그런데 아까 그 〈유한집〉은 어떻게 된 거야? 순식간에 지옥에서 천국으로 끌어올려졌는데. 내가 거기 있으리라는 건 또 어떻게 알았고.」

「임경에서 한국으로 돌아가지 않고 이곳으로 온 건 역시 〈씨성본결〉과 〈유한집〉을 찾아서였어. 더 정확히 말하면 이곳이 아니라 천진이었지만.」

「그건 무슨 소리야?」

「임경에서 〈유한집〉이라는 책을 아직 왕안식이라는 친척이 가지고 있다는 이야길 들었어. 나는 서둘러 임경을 떠났지만 생각보다 그분을 찾는 데 시간이 걸려 어제서야 북경으로 들어올

수 있었던 거지. 혹시라도 정서 네가 오지 않았을까 싶어 그 길로 나는 사회과학원으로 달려갔는데 너는 없었어. 그런데 그곳에서 이전부터 알고 지내던 청화대학 교수 한 분을 만난 거야. 그분 말씀이 오늘 심포지엄이 있는데 평타오가 왕부에 대해 뭔가 중요한 발표를 한다는 거였어. 거기에 더해 한국의 왕부 연구가가 참여한다는 거야. 나는 뭔가 이상하다고 생각했어. 한국의 왕부 연구가라니? 내가 아는 한 한국에서 왕부 연구를 한 사람은 없었거든. 그때 퍼뜩 정서 네가 생각나더라. 너일지 모른다, 아니 너일 것이다, 확신하게 된 거지.」

「설마?」

「진짜야. 그냥 그런 건 친구끼리 느끼는 거야. 무슨 이유나 설명이 필요한 게 아니구.」

「알았다, 알았어…….」

정서는 모르지 않았다. 자신 역시 웹하드의 문장 하나를 보고 은원이 자신을 찾고 있다고 느꼈던 것이다.

「그런데 〈유한집〉은 〈씨성본결〉과 함께 평타오의 수중에 들어가지 않은 유일한 자료 같은데 그 책을 구하는 데 어려움은 없었어?」

「물론 쉽지 않았어. 〈씨성본결〉은 가지고 있지 않으니 그렇다 치고 〈유한집〉도 처음엔 보여주려 하지도 않았지. 오랜 시간 매달려서 설득하고, 왕학전 씨와 탕페이 마을의 그 유지분이 몇 번이나 전화를 걸어주었어. 결국 한 번 보도록 허락하더라. 그리곤 갑자기 마음이 바뀌었던지 책을 아예 내주는 거야. 연구에 보탬이 됐으면 한다며. 아마 대대로 〈씨성본결〉을 워낙 위험하게 보고 왕씨들을 지나치게 탄압한 정부에 대한 반발감이 작용했을 거야.」

「그런데 그렇게 어렵게 구한 책을 그렇게 쉽게 내줘도 되는 거야?」

「호호, 책의 존재가 중요한 거지 누가 가지고 있는가 하는 게 무슨 큰 문제가 되나? 이미 복사도 해뒀어.」

「그 배포도 여전하구나. 아무튼 그 〈유한집〉이 나를 지옥에서 천국으로 끌어올렸네. 그러고 보면 세상일은 그야말로 새옹지마란 생각이 들어. 저들은 심포지엄에서 나를 수렁에 빠뜨리려 했지만 바로 그 심포지엄 때문에 너를 이렇게 극적으로 찾게 되었으니.」

「그러게. 그럼 저들에게 고마워할까?」

그렇게 말하며 은원이 웃자 정서도 따라 웃었다.

「정서 너는 어떻게 이런 함정에 휘말리게 된 거야?」

정서는 펑타오를 만나게 된 이야기를 들려줬다.

「역시 너답다. 짧은 시간에 그렇게까지 펑타오를 사로잡았다니.」

「그런데 〈유한집〉에 〈씨성본결〉의 자취가 있든?」

「우리 한씨에 대한 얘기는 없었어. 왕쯔양은 자신의 친구 몇몇의 성에 대한 유래만 〈씨성본결〉에서 옮겨두었더라고.」

「아! 저런.」

정서는 안타까워했지만 은원은 의외로 여유가 있었다.

「그날 펑타오가 정신을 잃지만 않았다면 동국의 후예가 주나라를 방문했다는 기록이 어디에 있는지 알 수 있었을 텐데. 이제 다시 펑타오에게 접근하기란 불가능하겠지?」

「아마 다시는 못 만나겠지.」

「그러면 이제 왕부가 어떤 기록을 보고 우리 조상들이 이미 아득한 옛날에 오성집결을 기록하고 그로부터 천 년 후 주나라를 방문했다는 걸 알게 되었는지를 알 수 있는 방법은 없어진 거니?」

「그건 아니야.」

「아니라니?」

「왕부가 주나라의 어떤 책을 보았는지는 나도 아니까.」

「그래? 그게 뭐지?」

「그건…… 아니, 그건 그냥 오늘 숙제로 남겨둘래. 다만 우리 한국인들이 수백 년 동안 수백만 명이 읽어온 책이라는 힌트만 줄게.」

「뭐야, 그럼 누구나 다 아는 책이라는 거잖아. 이런, 그래서 펑타오가 그런 어이없어 하는 표정을 지었군.」

「호호, 그랬어?」

「도대체 뭐야?」

「지금 알면 싱겁잖아. 심의회 때 밝힐 거야. 그보다, 사실 나 오늘 거기서 너 보고 정말 엄청 감동 받았거든. 설마설마했는데 단지 내 걱정 하나로 세계적인 두뇌가 모든 걸 팽개치고 이 중국땅으로 날아온 거잖아. 그래서 너에게 좀 분위기 있게 고맙다는 말을 하려고 했는데.」

「됐어, 이 친구야. 사실 나야말로 한국인의 한 사람으로서 너에게 고맙다는 말을 하고 싶었어.」

정서가 그렇게 말하며 은원의 눈을 은근히 쳐다보자 은원이 말했다.

「그런 눈빛은 와이프 될 사람에게나 던지지 그래. 하지만 아무튼 고마워.」

둘은 서로를 마주 보며 미소 지었다.

두 사람은 식사를 하고 약간의 술을 마시면서 서로의 지난 이야기를 나누었다. 정서는 이야기를 나누면서도 줄곧 은원에게 언제 미진의 죽음을 알리느냐 하는 문제로 고민하고 있었다. 그러다가 어느 순간 미진이 대화의 중심으로 떠올랐다.

「아참, 이번에 미진이가 정말 많이 도와줬어. 미진이가 아니었으면 이번 심의회는 하나 마나일 거야.」

은원이 미진이 이야기를 이어갔다.

「우리 가끔 네 얘기 했어. 미진이가 나보다 너를 좋아하는 거 알지. 그래서 나도 너한테 먼저 메일 같은 거 못 보내겠더라. 아마 미진이도 그랬을 거야. 흐흐, 술 마시니까 별 이야길 다 하네…… 그런데 너 왜 그래, 표정이?」

미진이 화제에 오르는 순간부터 정서의 표정은 굳어지고 있었던 것이다. 그런 정서를 보고 의아해 하며 은원이 물었다.

「왜 그래, 갑자기?」

「은원아…….」

「응?…….」

「사실은 말야…….」

「그래, 뭐야, 너답지 않게. 무슨 일 있어?」

「사실은…… 미진이가 죽었어.」

「……?」

은원이 미처 정서의 말뜻을 못 알아들은 듯했다.

「뭐라고?」

「미진이가…….」

「미진이가 죽어?… 그…게… 무슨 소리야?」

「…….」

정서가 말을 잇지 못했고 은원이 자리에서 벌떡 일어났다.

「그게 무슨 소리야? 미진이가 죽다니? 미진이가 왜?」

「…….」

놀라 소리치던 은원이 문득 무슨 생각이 들었는지 넋나간 얼굴로 말했다.

「그럼 나 때문에…… 내 연구 때문에…….」

풀썩 무릎이 접히더니 은원이 바닥에 주저앉았다.

위기

은원은 정서의 가슴에 안긴 채 끊임없이 오열했다. 정서 역시 참을 수 없이 고통스러웠지만 지금은 마냥 슬퍼하고 있을 때가 아니었다. 일단은 무사히 이곳을 빠져나가야 했다.

은원과의 만남 때문에 잠시 마음을 풀어놓고 있었지만 사실 두 사람이 겉으로 노출된 지금이야말로 그 어느 때 보다도 위험한 시간이었다. 미진의 살해자는 아마도 중국인일 것이었다. 은원과 함께 진행했던 역사 연구가 역시 죽음의 원인이라면 살인자는 지금 여기 중국에 있을 가능성이 컸다. 반가움에 방심하고 있었지만 원래 자신이 해야 할 일은 은원과의 조우가 아닌 보호였다.

은원이 조금 진정되자 정서는 그곳을 떠났다.

「호텔로 가자. 좀 알아볼 게 있어.」

스카이 호텔은 오성급이라 비즈니스 센터를 잘 갖춰놓고 있었다. 정서는 바로 지갑에서 카드를 꺼내 NASA에 접속하더니 급히 자판을 두들기며 검색을 시작했다. 이윽고 모니터상에 물고기의 그림이 뜨자 정서는 차분하게 깨알같이 잔글씨로 된 설명들을 끝까지 읽어 나갔다.

은원은 이런 정서의 행동이 이해가 가지 않았지만 옆자리에 앉아 둥글고 배가 큰 물고기의 사진을 보았다. 복어였다.

「여기 있네. 이걸 한번 봐.」

정서가 가리킨 건 아이티의 기독교 퇴마술사라는 단어 밑에 있는 중국의 지명과 사람의 성씨였다.

쓰촨 탕가.

「이게 뭐지?」

어느 정도 마음을 추스른 은원이 물었다.

「지구상에서 복독을 쓰는 사람들이야. 미진이는 복독으로 몸이 마비된 후 목 졸려 죽었어. 한국에서는 한 번도 없었던 일이야.」

「그럼 이 쓰촨 탕가라는 게? 설마!」

은원이 가늘게 몸을 떨었다. 쓰촨, 즉 사천이란 바로 자신이 머물렀던 지역이 아닌가. 청도가 바로 사천의 수도였다.

「그러고 보니 지나가는 말이었지만 시에허에게 사천은 사천요리와 독으로 유명하다는 걸 들었던 적이 있는 것 같아.」

「그렇다면 역시 그자인가…….」

정서는 혼잣말처럼 말했다. 시에허가 설마 그 정도까지 개입돼 있을까 하면서도 가장 마음에 두고 있었던 것이다.

「아무튼 이번에는 한국이 아니야. 바로 여기야. 여기가 위험해. 그때는 네가 일본행을 위장한 채 몸을 피했으니 미진이 목표가 되었지만 지금은 노출되고 말았어. 빨리 피하자. 호텔도 옮기고.」

「공안에 도움을 청하는 게 어떨까?」

「공안은 믿기가 어려워. 상대방은 워낙 교묘하게 독을 쓰는 자라 공안이 눈뜨고 있는 사이 일을 벌일 수 있어. 게다가 한통속일지도 모르고. 호텔을 옮겨야겠어. 지금 어느 호텔에 있지?」

「천안문 호텔.」

「짐은 내일 아침에 가지러 가고 우선 다른 호텔로 가자.」

두 사람은 급히 호텔을 나가 택시에 탔다. 정서는 택시에 타자 기사에게 최상급 호텔로 가달라고 말하고는 한참 생각하다 퍼뜩 뭐가 생각난 듯 말했다.

「시에허라, 확실히 시에허 그자라면 어쩌면 이게 기회일지도 모르겠군. 은원이 너, 시에허의 집 전화번호 알아?」

「휴대폰 말고 집?」

「그래.」

「받아두긴 했어. 걸어본 적은 없지만.」

정서는 번호를 받자 바로 전화를 걸었다.

「시에허 교수님 계세요?」

「아니, 안 계신데요.」

「언제 들어오시죠?」

「누구시죠?」

정서는 슬쩍 떠보았다.

「여기 북경인데요. 혹시 오늘 북경에 다녀오신다는 말씀 없으셨나요?」

「아, 연락을 받고 급히 북경으로 가신다고 가셨어요.」

역시 정서의 예측은 맞았다. 전화기 저쪽 상대는 의심 없이 말했다.

「몇 시 비행기일까요? 아직 안 오셔서 그러는데.」

「도착하려면 아직 한 시간은 있어야 할 거예요. 마지막 비행기를 타셨거든요.」

「혼자 떠나셨습니까?」

「아니 일행이 두 분 있어요. 제가 표를 석 장 구입했으니까요.」

「알겠습니다.」

택시가 호텔에 도착하자 두 사람은 급히 프런트로 갔다.

「투숙하실 겁니까?」

「네. 방을 두 개 주세요.」

「신분증 부탁합니다.」

「신분증이요? 아, 아니. 좀 있다 다시 올게요.」

갑자기 정서는 발걸음을 돌려 커피숍으로 갔다.

「시에허가 당 간부더군. 임경에서 공안이 여권번호를 적어둔 일이 있어. 아마 네 여권도 노출되었을지 몰라.」

「그럴지도 모르겠네. 임경에서 북경으로 왔을 때 일본에서 돌아온 동생을 만나 여권을 찾았거든.」

「어쨌든 오늘 심포지엄 사태도 있었으니 우리 둘 다 노출되었다고 봐야 할 거 같아. 시에허가 급거 북경으로 날아오고 있어. 예정에 없던 비행이고 보면 같이 온다는 두 사람이 의심스러워.」

「여권이 노출되어 있는 한 호텔에 투숙할 순 없겠네.」

「호텔이 문제가 아니야. 지금도 감시당하고 있을지 몰라. 아까 세미나장에서 나온 후부터 말이야.」

「그럼 어떻게 해?」

「문제는 우리가 적을 알아볼 수 없다는 점이야. 적은 어디에서든 불시에 위협을 가해올 수 있는데. 어쩌면 내일 공항을 노리고 있을지도 모르고. 아무튼 위험을 피할 수 있는 유일한 길은 우리가 먼저 적을 알아봐야 해.」

「생전 본 적도 없는 암살자를 알아볼 방법이 없잖아?」

「그게 문제지. 하지만 전혀 방법이 없는 건 아냐. 우선 여기서 나가자.」

정서는 호텔을 나서자 대기하고 있는 택시를 타지 않고 길을 걷다 불시에 지나치는 택시를 세웠다.

「북경공항으로 빨리 갑시다. 」

정서는 기사에게 말하곤 은원을 돌아보며 나지막이 말했다.

「선수를 쳐야겠어.」

은원은 정서의 방법을 알 수 있을 것 같았다. 새삼스럽게 이 옛 친구가 참 대단한 사람이란 생각이 들었다. 황망 중에도 그는 어떻게 이런 생각을 할 수 있을까.

공항에 도착한 두 사람은 성도에서 오는 비행기 게이트로 나갔다. 구석에 적당히 몸을 감춘 두 사람은 시에허가 나타나기를 초조하게 기다렸다.

「시에허와 같이 나오는 두 사람의 인상을 뇌리에 확고하게 각인시켜두는 거야.」

「알았어.」

「저기 나온다.」

정서의 손가락이 가리키는 곳에 시에허의 얼굴이 있었다. 은원은 그를 보는 순간 치를 떨었다. 참으로 가증스런 사내였다.

「저 두 사람을 잘 봐.」

두 사람은 외모에 별 특징이 없어 정서와 은원은 신경을 곤두세우고 얼굴은 물론 신체의 특징까지도 뇌리 깊숙이 새기려 애썼다. 시에허는 좌우에 두 사람을 거느린 채 급한 걸음으로 나갔고 두 사람은 그 뒤를 쫓았다.

세 사람이 택시를 타고 사라지자 은원은 걱정이 사라지지 않은 얼굴로 물었다.

「이게 근본적인 해결책이 될까? 오늘 피하고 내일 공항에서 피한다고 하더라도 언젠가는 볼 수도 느낄 수도 없는 독에 의해 죽음을 당할 텐데?」

「아니, 괜찮아. 방법이 있어.」

「무슨 방법?」

「너의 가치를 없애버리면 돼.」

「뭐? 내 가치를 없애?」

「저들이 널 해칠 필요를 없애버리는 거야. 발표를 하는 거지. 아는 모든 걸.」

그제서야 은원은 무슨 뜻인지 알고는 고개를 끄덕였다.

「물론 이제 한국으로 돌아가면 모든 걸 심의회에서 다 쏟아낼 거야. 죽어도 그러고 나서 죽어야지.」

「다 발표하면 안 죽어, 그러니까 일단 이곳을 무사히 빠져나가는 게 중요해. 넌 이제 너 하나의 목숨이 아니야.」

「참, 저들이 내 호텔을 알 수도 있다 그랬지?」

「아마도.」

「그럼 지금 이러고 있을 때가 아니야. 호텔로 가야 해. 거기에 모든 자료가 다 있어. 몇 년간 내가 조사한 모든 것들. 그게 없으면 심의회에서 어떻게 해볼 수가 없어. 목숨보다 소중한 거야.」

「음.」

정서는 난감했다. 은원을 말릴 수는 없을 것 같았다. 아니, 자신이 은원의 입장이라도 이런 경우는 돌아갈 것이었다. 그게 학자라는 사람들이었다.

「호텔 직원을 시켜 가지고 나오게 하는 건 어떨까?」

「이미 포섭을 해두고 있다면? 오히려 다 가져가라고 알려주는 꼴이 아닐까?」

정서는 이 넓은 대륙에 믿을 사람이 하나도 없다는 사실에 기가 막혔다. 밤인데다 공안을 의지할 수 없으니 달리 대책을 세워볼 수가 없었다. 누군가 없을까?

「내가 갔다 올게.」

「아니, 가려면 내가 가야 해. 너도 얼굴이 알려진 건 마찬가지잖아.」

은원의 표정은 단호했다.

순간 정서는 한 사람의 얼굴을 떠올렸다.

주위엔하오.

정서는 받아둔 그의 명함을 꺼내 번호를 눌렀다.

뚜—

신호가 참으로 길게 느껴졌다. 술을 좋아하는 듯 보였던 그라 이 시간에 전화를 받지 않을 수 있다는 생각이 들자 신호는 더욱 길게 느껴졌다.

「주위엔하오요.」

「저는 이정서입니다.」

「아, 이 선생.」

「지금 좀 뵐 수 있을까요? 급히 도움이 필요합니다.」

「무슨 일이오?」

「만나서 말씀드리겠습니다.」

「지금 어디요?」

「북경공항입니다.」

「내가 그리 갈까요?」

「아니 시내에서 만나는 게 낫겠습니다. 천안문 호텔 부근이면 더 좋고요.」

「그럼 베이징 호텔 라운지에서 만납시다. 지금 떠날게요.」

은원은 불안한 기색을 다 떨치지 못하고 물었다.

「누구야?」

「북경 야시장에서 우연히 만난 사람.」

「그럼 거의 모르는 사람이잖아.」

「그렇긴 하지만 한번 부탁을 해볼 수는 있을 거 같아.」

주위엔하오는 정서의 얘기를 듣고 놀라워 하며 분노했다. 정의감이 강한 그는 주먹을 불끈 쥐었다.

「내 공안 주임을 불러 이놈들을 모두 포승줄에 꿰어버리겠소.」

「시에허는 당 주임이라 저항이 심할 겁니다. 혼란이 일어나면 무슨 일이 터질지 몰라요. 둘은 흔적도 없는 독을 쓰는 자들이니. 일단 한 교수 자료를 좀 빼내주십시오.」

「알았소. 호텔 키를 주고 내 차에서 기다려요.」

「고맙습니다.」

은원으로부터 객실 키를 받아든 주위엔하오는 분기가 가시지 않는지 씩씩거리며 택시를 향해 갔다. 주위엔하오의 자가용 운전석에 앉아 있던 정서가 내리려고 하자 은원이 어깨를 붙잡았다. 나가지 말라는 뜻이었다.

「잠깐만, 저분이 어디로 가는지 보려고 그래.」

주위엔하오의 뒷모습을 지켜보고 있던 정서는 그가 탄 택시가 사라지고 나서도 제법 시간이 지나서야 차 안으로 들어와 은원을 안심시켰다.

「왜 이렇게 늦게 와.」

「너무 불안해 하지 마. 잘될 테니까.」

그러나 주위엔하오는 바로 돌아오지 않았다. 호텔로 간 지 한 시간이 지나도 돌아오지 않자 은원은 불안에 휩싸였다.

「천안문 호텔은 바로 옆인데 왜 이렇게 시간이 걸리는 거지?」

「나도 같은 생각을 하고 있어.」

「혹시 무슨 일이 생긴 건 아닐까?」

「그럴 수도 있겠지.」

「정서야, 공안에 신고를 하는 게 낫지 않을까?」

은원은 공안에 신고를 하든 아니면 차에서 내려 다른 데로 자리를 옮기든 빨리 선택을 해야 한다고 생각했다. 그러나 정서는 주위엔하오를 믿는 눈치였다. 은원은 주위엔하오에게 전화를 해보라고 할까 하다가 생각해보니 그것도 만만치 않았다. 지금 주위엔하오가 어떤 상태에 있는지 모르는 것이었다.

「일단 이 차에서 내리자.」

불안감이 엄습하자 은원은 무작정 기다릴 수만은 없다는 생각에 차에서 내리려 했다. 이때 뒷좌석의 문이 열렸다.

「어머!」

은원이 깜짝 놀라자 굵은 팔이 은원의 어깨를 덮었다.

「놀라지 말아요.」

주위엔하오였다. 그는 은원의 커다란 가방을 뒷좌석에 몰아넣고는 운전석으로 걸어왔다. 은원이 뒷좌석으로 물러나고 정서가 조수석에 앉았다. 은원은 가방을 열어보고 없어진 것이 하나도 없다는 게 확인되자 조용히 안도의 한숨을 내쉬었다.

「혹시 쫓아오는 놈이 있을까봐 택시를 세 번이나 바꿔 타고 오는 길이오.」

주위엔하오는 역시 치밀한 데가 있었다.

「두 사람의 여권이 공개되지 않았다 하더라도 호텔은 위험해요. 당 주임같이 높은 놈이 개입하고 있으면 CCTV 열어보는 건 일도 아니거든.」

「그럼 그냥 차에서 밤을 보낼까요?」

「아니, 내 집에서 자요. 아내와 아이들이 있긴 하지만 빈방도 몇 개 있소. 가방은 차에 그냥 두어요. 내일 아침 내가 공항에 데려다 줄 테니까.」

모든 것이 다 해결된 듯했다. 주위엔하오는 능숙한 솜씨로 차를 몰아서는 고가도로를 몇 번 바꿔 타고 북경 교외로 향했다.

「중국에서는 고위 공무원을 좀 하다 보면 자연히 큰 집이 생겨요. 특별히 부정을 안 하더라도 말이요. 그러니 내 집을 보고 날 오해하지 말아요. 그런데 두 분이 한 방을 쓸 거요, 아님 각 방을 쓸 거요?」

두 사람은 조금이나마 여유가 생겨선지 그의 농담에 미소 지었다. 주위엔하오는 교외의 외곽도로를 달리다 어느 좁다란 내부도로로 들어섰다. 가로등이 전혀 없는 곳이라 기분이 좀 이상했지만 주위엔하오를 신뢰하고 있었기에 큰 불안은 느끼지 않았다. 이윽고 차가 멈췄다.

「자, 내립시다. 아니, 그냥 자리에 있어요.」

「여기가 어디죠?」

「좀 있으면 사람이 올 거요.」

「사람이? 누가요?」

「당신들을 만나보고 싶어 하는 사람이요.」

그제서야 뭔가 이상한 느낌이 들었다. 정서가 몸을 뒤로 돌리자 자동차의 헤드라이트가 비쳤다. 검정색의 자동차 한 대가 오더니 바로 옆에 나란히 섰다.

「어머!」

차에서 내리는 두 사람을 보는 순간 은원이 외마디소리를 질렀다. 공항에서 시에허와 함께 보았던 그 사내들이었다.

그중 하나가 뒷좌석의 문을 열고는 은원의 가방을 빼앗아 자신들의 차 트렁크에 넣었다. 정서가 물었다.

「주 선생, 도대체 이러는 이유가 뭐요? 죽더라도 그 이유나 알고 죽읍시다.」

운전석에 앉아 있던 주위엔하오가 눈을 감은 채 말했다.

「이 형, 내가 야시장에서도 말했지만 중국의 가장 큰 문제가 뭔지 알 거요. 그건 예나 지금이나 똑같소. 바로 소수민족 문제요. 몽고니 티벳이니 신장 위구르니 조선족이니 하는 소수민족들은 중국이 안고 있는 화약고요. 남북이 통일되면 바로 조선족이 독립을 요구하고 나설 가능성이 크단 말이오. CIA는 예산의 반 이상을 이미 중국 분열에 쏟고 있소. 바로 이 소수민족을 흔들고 있단 말이오.」

주위엔하오의 말은 은원의 귀에 들어오지 않았다. 은원은 이렇게 끝나나 싶자 억울한 생각이 들었다. 이렇게 된 이상 죽음은 받아들일 수밖에 없었다. 그러나 이제껏 밝혀낸 한의 비밀은 다시 영원히 묻히게 된다는 사실이 너무 억울하고 가슴이 아팠다.

「그런 점에서 〈씨성본결〉은 태어나지 말았어야 할 책이었소. 그 책은 온갖 소수민족의 씨성을 다 조사해 유래를 밝혀놓았고, 따라서 그것이 존재하는 한 소수민족의 반란과 독립을 언제까지고 부추길 거요. 그래서 그 책에 접근하려던 학자들이 쥐도 새도 모르게 사라지게 된 거요. 그럼 이제 작별을 해야 할 시간이 된 것 같소.」

그때 정서의 손이 다가와 은원의 손을 잡았다. 정서의 체온이 느껴지자 떨리던 은원의 마음도 차츰 가라앉았다. 먼저 간 미진이의 얼굴도 떠올랐다. 시에허의 입에서 마지막을 고하는 말이 나오자 은원은 눈을 감았다.

「정서야, 할 말이 있어.」

정서가 은원을 돌아보며 물었다.

「뭔데?」

「아까 숙제로 남겨두었던 그거 말야…….」

「숙제?」

「그래. 우리나라 한은…….」

「잠깐만 기다려.」

은원의 체념과 달리 정서의 입에서는 전혀 기대하지 않았던 말이 튀어 나왔다.

「그건 국사편찬위원회 심의회장에 가서 해. 나도 거기서 듣고 싶으니까.」

「응?」

은원은 너무나 자신에 넘치는 정서의 목소리에 어안이 벙벙했다. 국사편찬위원회에 가서 얘기하라고?

주위엔하오가 손짓을 하자 두 사내가 문을 열고 정서와 은원을 각각 문 밖으로 끌어냈다. 주위엔하오도 운전석에서 일어나 밖으로 나왔다.

「없애버려!」

사내들이 허리춤에서 뭔가를 꺼내는 순간이었다. 갑자기 어둠 속에서 수십 개의 헤드라이트가 켜졌다. 그중에는 공격용 초강력 라이트가 있어 다섯 사람은 눈을 뜨지 못하고 비틀거렸다. 공안 기동대와 군 특수타격대로 짜인 연합작전부대의 총구 수십 개가 주위엔하오와 두 사내를 향해 겨누어진 가운데 몇 사람의 특공대원이 사내들을 가격해 쓰러뜨린 다음 달려들어 제압했다.

「뭐야, 너희들은? 나는…….」

주위엔하오의 목소리는 자살방지용 특수 마스크에 의해 묻혀버렸다. 몇 사람의 장교와 민간인 복장을 한 누군가가 후다닥 달려와 정서를 보살폈다.

「이정서 박사님이시죠? 괜찮으십니까?」

「네. 제시간에 와주었군요.」

「정말 다행입니다. 처음 연락을 해온 NASA 요인경호국은 물론 ETER 경호본부에서도 노심초사하고 있습니다.」

이때 또 다른 민간인이 달려나왔다.

「이 박사님, 전화 받으세요. 프랑스 본부의 사무국장입니다.」

정서는 은원을 한 번 돌아보고는 천천히 전화기를 귓가에 갖다 댔다.

은원은 도대체 언제 정서가 외부로 전화를 했을지 생각하다 그가 주위엔하오를 따라 잠시 자동차 밖으로 나갔던 사실을 떠올렸다. 은원은 정서가 말로만 들었던 국제요인 보호 리스트에 올라 있었다는 걸 알고는 온몸에 힘이 빠졌다. 너무 큰 기쁨도 사람을 기진하게 만든다는 걸 느껴볼 기회가 이전에는 없었다. 그건 당연한 일이었다.

심의회

대한민국의 한이 어디에서 왔는지를 밝힌다는 주제의 민감함 때문인지 잠시 후 심의가 벌어질 회의장의 열기는 평소와 달리 뜨겁게 달궈져 있었다. 심의회장은 쟁쟁한 학자들과 10명의 국사편찬위원들로 구성된 심사위원들, 패널들 외에도 관심 있는 학자들이 빈자리를 찾아보기 힘들게 빼곡히 자리를 메우고 있었다. 정서도 청중석 한쪽에 앉아 담담한 심정으로 심의회가 시작되기를 기다렸다.

이날의 진행자인 박일기 교수가 한 교수를 소개하는 것으로 본격적인 심의가 시작되었다.

「지금까지 우리는 사실 스스로를 한국인이라고 하면서 우리가 왜 한국인인지 우리나라가 언제부터 한국으로 불렸는지 그 한의 유래와 정체에 대해 따져보지 못하고 있었습니다.」

박 교수는 말을 하면서 이미 잔뜩 적개심을 머금고 자신을 바라보고 있는 수많은 학자들의 눈초리를 느꼈다. 오늘의 주제에 대해 이미 준비 자료를 통해 확인했을 저들은 심의회가 시작되기만을 벼르고 있는 것이다.

「물론 조선 말기 국호를 대한제국으로 고쳤고 이어서 대한민국으로 고치며 줄여서 한국으로 부르게 되었다는 건 모두 알고 있습니다.」

박 교수는 이미 선입관을 가지고 단단히 무장하고 있는 저 수많은 학자들의 공격을 과연 한은원 교수가 이겨낼 수 있을지 걱정스러웠다.

「고구려를 잇겠다는 뜻으로 고려라고 이름을 지은 것이나 과거의 단군조선을 잇겠다고 조선이라고 이름을 지은 걸 보면 대한민국이라는 국호도 과거 존재했던 나라를 잇겠다고 보는 견해도 있을 수 있을 것 같습니다.」

이 대목에서는 좌중에서 몇 번 헛기침이 나왔다. 물론 들어본 적도 없는 이상한 논리를 박 교수가 만들어내고 있지나 않은가 하는 우려와 질타가 담겨 있었다.

「그럼 지금부터 오늘의 발표자인 한은원 교수를 모시고 심의를 시작하도록 하겠습니다. 한 교수의 요지 발표에 이어 심의위원들과 패널들의 질의와 검증이 있을 예정입니다. 이미 자료를 나눠드린 만큼 질의 위주로 심의회를 진행하고자 하니 요지 발표는 간단하게 해주시기 바랍니다.」

박 교수의 소개가 끝나자 한은원은 심호흡을 하고 발표대로 나갔다. 드러내놓고 내색은 하지 않았지만 학자들은 젊은 여자가 이런 심오한 주제를 다룬다는 사실에 거부감이 드는 모양이었다.

「요지는 미리 나누어드린 그대로입니다. 우리나라의 과거 국명은 고조선이 아니라 한입니다. 대한제국과 대한민국이라는 국호는 이 한을 계승하자는 취지로 지어진 겁니다. 발표는 인쇄물로 대신하고 바로 질문을 받도록 하겠습니다.」

회의장은 갑자기 침묵에 휩싸였다. 이제껏 어느 누구도 이렇게 당당하고 건방지게 발표를 한 적이 없었다. 특히 오늘은 박일기 교수의 피어린 간청에 의해 겨우 마련해준 자리인데 젊은 여자가 단 한 마디를 던지고 질문을 받겠다니, 이건 오만을 넘어 망발이었다.

이윽고 첫 질문자가 나섰다.

「서울대학교의 최병은 교수요. 내가 오늘 좌장이자 대표 질문자로 선정이 되었어요. 내 개인적으로는 한을 추적하는 작업은 의미가 있다고 생각해요. 나도 한국의 그 한(韓)자가 밑도 끝도 없이 조선말 한 개인의 머리에서 생겨났다고 생각하지는 않으니까. 그런데 그 한과 삼한 사이에는 어떤 관계가 있나요?」

은원은 부드러우나 야무진 목소리로 말문을 열었다.

「일단 형식논리의 시각에서 말씀을 드리자면 국호 앞에 어떤 접두어가 있다면 그건 지역이나 사람을 나타내는 겁니다. 즉 마한, 진한, 변한이라고 할 때의 이 마, 진, 변은 지역이나 사람의 이름이고 뿌리는 한입니다. 남한, 북한, 동독, 서독 모두 같은 개념입니다. 물론 사람을 나타내는 걸로는 킵차크 칸국, 오고타이 칸국 같은 것들이 있어요.」

「잘라 말하면 당신은 마한, 진한, 변한이 있으니 그 뿌리인 한이 있다고 주장하는 거요?」

「삼한은 한의 존재를 짐작할 수 있는 유력한 근거가 된다는 뜻이에요.」

「여기는 논리학 교실이 아니오. 삼한은 한반도 남부에 있었고 백제 신라 가야로 발전된 거 아니오. 그런데 당신이 얘기하는 한은 도대체 언제 어디에 있었다는 얘기요?」

「그전에 먼저 묻고 싶은 게 있는데 삼한이 한반도 남부에 있었다는 최 교수님의 주장은 어디서 나온 겁니까?」

「당신은 삼한이 남부에 있었다는 주장이 이마니시 류를 비롯한 일본 학자들로부터 비롯되었기 때문에 잘못됐다고 말하려는 거요?」

「하여튼 대답을 해보세요.」

「〈삼국사기〉에 백제가 마한을 병합하였다는 기록이 있고 백제는 한반도 서남부에 있었으니 거기에 근거를 둘 수 있소.」

「진한과 변한은요?」

「그건 마한이 백제에 병합되었으니 진한은 신라에, 변한은 가야에 병합되었으리라고 생각하는 거요.」

「그렇다면 같은 〈삼국사기〉에 진한은 고조선과 진나라의 유민들이 세운 나라라고 하는 건요?」

「〈삼국사기〉의 기록은 대체로 받아들일 수 있소.」

「그 유민들은 국명을 왜 하필 진한이라고 했을까요?」

「진의 유민들이 한 지역에 와서 세운 나라라는 뜻 아니겠소?」

「한 지역은 어디를 말하는 겁니까?」

「물론 지금의 경상도 지역이오.」

「최 교수님, 진은 서북중국에 있었던 나라입니다. 고조선은 주로 한반도 북부와 만주 지역에 있었던 걸로 가르쳐지고 있고요. 그들이 그 먼 경상도에까지 내려와서 진한이라고 했을까요?」

은원의 논리는 간결하고도 명확했다. 최병은 교수는 어쩔 수 없이 한발 물러섰다.

「솔직히 말하자면 우리나라 학자 중에는 삼한이 정확히 어디에 있었는지 대답할 수 있는 사람은 없소.」

「그런데 왜 삼한이 백제 신라 가야의 뿌리라고 생각하는 거지요? 왜 일본 학자들의 주장을 그대로 받아들이고 더 이상의 검증을 안 하는 거죠?」

「좀 더 연구해야 할 문제요.」

「삼한에 대해서는 수많은 학자들이 모두 제각각의 추측을 내놓고 있지만 우리나라 교과서는 지금 일본 학자들의 견해를 싣고 있는 것에 불과합니다. 제가 어떤 주장을 해도 마찬가지로 추측에 불과하다는 평을 받을 수밖에 없기 때문에 저는 논리적 귀결점을 찾고 문헌상 증거를 보이겠어요.」

심의위원들은 은원의 의욕에 비웃음을 날렸다. 한국의 고대사는 그야말로 중구난방이었다. 아무나가 무슨 얘기를 주워섬겨도 증명도 부정도 되지 않았다.

조선시대 모화사상에 빠진 유학자들은 조선의 강역이 압록강을 넘으면 중국에 대한 불경이라 생각해 관련 사료를 모두 폐기했고, 일제시대 일본 학자들은 한국의 역사를 축소시키기 위해 〈삼국사기〉에 있는 단 한 줄, 온조왕이 마한을 병합했다는 걸로 삼한을 삼국의 전신으로 만들었다. 이후 지금껏 삼한은 한반도 남부에 꽁꽁 묶여 있는 것이다.

「우리는 먼저 대한제국 혹은 대한민국이라는 국호를 지은 배경을 생각해야 해요. 이 국호에 대한 설명은 조선왕조실록에 나와 있어요. 고종 실록에는 분명히 삼한을 잇는다는 뜻으로 대한제국이라고 이름 지은 사실이 기록되어 있어요. 그럼 여기서 의문이, 아니 모순이 생깁니다.」

「뭐가 모순이오?」

「삼한이 한반도 남부에만 있었다면 당시 압록강까지 국경을 가지고 있던 조선이 한반도 북부를 포기하고 그 반토막인 남부만을 계승하겠다고 대한을 선포했겠어요?」

최병은 교수는 잠시 생각하다 그 자신의 궁금한 표정을 숨기지 않고 물었다.

「논리적으로는 한 교수의 주장을 무조건 반박하고 싶지는 않소. 사실 최치원 같은 학자는 마한이 고구려라고 했으니까. 여하간 당신의 얘기는 삼한을 계승한다는 의미로 대한민국이란 국호를 지었다면 삼한은 한반도 남부의 작은 나라들이 아니라 오히려 압록강을 넘어선 큰 나라라는 얘기 아니오?」

「바로 그래요.」

「거듭 말하지만 논리적으로는 반박하고 싶지 않소. 하지만 그런 형식논리만으로는 대한민국이 삼한을 이었고 삼한은 그전의 한을 이었다는 당신의 주장을 받아들일 수 없소. 그것뿐이라면 오늘의 심의회는 여기서 끝을 내는 게 마땅해요.」

「물론 증거가 있어요.」

「이제는 직접적 증거만을 얘기하시오. 순환논리라든지 기타의 다른 증명법은 받아들이지 않을 거요.」

「우리 역사에서 한이라는 글자는 잘 나오지 않습니다. 할 수 없이 중국 역사를 뒤져야 하는데 이 역시 아무리 뒤져도 삼한밖에는 나오는 게 없어요. 그렇지만…….」

좌중의 모든 학자들은 은원의 다음 한마디에 청각을 집중했다.

「우리가 그렇게 찾아 헤매던 역사서가 아닌 다른 책에 바로 이 한이 나옵니다.」

이 한마디는 학자들의 신경을 더욱 날카롭게 돋우었다. 모두 관련 사서를 수십 수백 번이나 샅샅이 훑었기 때문에 은원이 어떤 사서의 제목을 들먹여도 놀랄 일이 없는 그들이었지만 예상외로 역사서 이외의 책이라고 하자 신경이 곤두서지 않을 수 없었다.

「이 책을 언급하기 전에 나는 먼저 〈단군세기〉의 두 기록을 여러분 앞에 내놓고자 합니다.」

「〈단군세기〉는 다 아는 거 아니오? 아마 세상에서 가장 믿을 수 없는 책이 있다면 그게 바로 〈단군세기〉일 거요. 그걸 무슨 증거라고 내놓는 거요!」

「우리 고대사는 이제까지 누군가가 아무렇게나 주장해도 그만이었습니다. 맞는 것도 틀리는 것도 없었던 겁니다. 그만치 연구가 안 돼 있다는 얘기이기도 하고, 한편으로는 역사서에서 한두 줄 발견하는 것만을 역사로 생각했기 때문입니다.」

「서설은 그만 하고 본론이나 얘기해요.」

「따라서 진실과는 상관없이 누가 제자가 많은가, 어떤 학교 세력이 강하고 어떤 학파가 국사편찬위원회에 많이 들어갔는가에 따라 이 나라 역사의 뼈대가 세워졌던 겁니다.」

앉아 있던 한 심의위원이 버럭 고함을 질렀다.

「본론을 얘기하라니까요!」

「우리나라 역사의 뼈대는 일본인들에 의해 세워졌고, 그들에게 역사학을 배운 이병도 박사는 해방이 되자 서울대학교에 자리를 잡고 많은 제자를 키워냈습니다. 자연히 일본의 식민사관이 우리나라 역사의 대통으로 지금까지 흘러오고 있는 겁니다.」

「이봐요, 박 교수! 발언을 중지시켜요!」

박 교수는 손을 내저으며 흥분한 심의위원을 만류했다.

「자신의 이론을 내놓기 위한 준비발언 같으니 조금 더 들어봅시다.」

「이병도 박사는 죽기 전 자신의 잘못을 공개적으로 참회했지만 이미 그때는 제자들이 대집단을 이루고 있었지요. 그들은 그 권력을 놓지 않기 위해 스승이 노망이 들었다며 오히려 그를 매도하고 주도권을 놓지 않았습니다.」

은원은 어디서 이런 용기가 나는지 좌중의 거의 모든 역사학자를 상대로 극언을 쏟아내고 있었다.

「일본인들은 한국의 역사를 유린하는 데 혈안이 되어 있었고, 따라서 이 〈단군세기〉를 아주 우습게 만들어버렸습니다. 즉 그들은 단군이 왕이란 뜻을 나타내는 직위의 이름인데도 이걸 사람의 이름으로 둔갑시킨 거지요. 그때부터 삼국 이전의 우리나라 역사는 철저히 부정당하기 시작했습니다. 단군이란 글자는 믿지 못할 단어의 대명사가 되어버린 거지요. 그럼 이제 전혀 다른 방법으로 〈단군세기〉를 부정만 해서는 안 된다는 걸 보여드리겠습니다.」

단군에 대한 무조건적 거부반응을 가진 대다수 학자들은 못마땅한 듯 눈을 내리깔았다.

「미리 드린 발표요지에 정리된 대로 〈단군세기〉를 보면 흘달(屹達)이란 말이 나옵니다. 비록 한자로 표기는 되었지만 분명 중국의 한자로는 이루어질 수 없는 글자입니다. 그 옆에는 13세 단군 49년이라는 연호가 붙어 있어 흘달은 13세 단군이라는 말이 됩니다. 바로 그 옆에 오성취루(五星聚婁)라는 말이 나옵니다.

오성 즉, 화성 수성 목성 금성 토성이 양자리(婁)에 모여 들었다(聚)는 뜻입니다.

정리하면,

13세 단군 흘달 재위 49년에 5개의 행성이 양자리에 모여 들었다.

가 됩니다. 이 흘달 49년이 서기로는 언제가 될까요? 기원전 1734년입니다. 이제 그렇다면 기원전 1734년경에 실지로 오성취루 현상이 있었는가를 살펴보면 〈단군세기〉의 이 기록이 사실인지 아닌지, 나아가서는 〈단군세기〉가 위서인지 아닌지 증명되는 게 아니겠습니까? 제 뒤의 스크린을 주목해주십시오.」

은원의 말과 동시에 이미 준비되어 있던 스크린에 행성의 운동을 보여주는 그림이 떴다.

별자리는 황도상을 움직이기 때문에 화면의 배경에 북반구의 황도가 깔려 있었다. 많은 별자리들이 황도를 따라 이리저리 이동하고 다섯 개의 행성도 제각각 태양 주위를 공전하며 복잡하게 움직이는 화면이 한동안 계속되었다.

컴퓨터 아래에는 시간의 흐름을 자동으로 볼 수 있도록 숫자판을 만들어두었는데 수십 수백 년이 흐르는 동안 다섯 개의 행성은 황도상을 어지럽게 돌아다니며 몇 번이나 한자리에 모일 듯 가까워졌다가는 흩어지고 흩어졌다가는 모이길 반복했다.

기원전 2100년 무렵 모니터상에서 네 개의 행성이 거의 모이고 화성이 멀리서부터 다가오자 사람들은 자신도 모르게 탄성을 자아냈다. 그러나 화성은 큰 궤도를 그리더니 제법 큰 편차를 두고 나머지 네 위성을 지나쳐버리고 말았고, 한번 흩어진 그림은 다시 오랜 동안 황도 위를 마음대로 옮겨 다녔다.

정서는 오성취루라는 현상이 매우 어렵게 일어날 것이란 건 짐작했지만 막상 모니터상에서 보니 다섯 개의 행성이 일렬로 모인다는 건 너무 희귀해 천문을 관측하는 사람에게는 일생의 기회가 아닐 수 없다는 걸 알 수 있었다.

컴퓨터 하단의 숫자판이 자꾸 바뀌어 기원전 1749년 무렵이 되자 목성과 토성이 차츰 가까워지는 게, 이 두 행성은 참으로 오랜만에 거의 일직선으로 늘어설 것 같았다.

숫자판의 연도가 차츰 흘러 기원전 1734년이 다가올수록 정서의 심장이 다시 쿵쾅거리기 시작했다. 그러나 공전주기가 88일에서부터 29.5년에 이르기까지 어마어마한 차이가 나는 다섯 행성은 그리 쉽게 한자리로 모여들지 않았다. 수성은 아직 몇 바퀴를 더 돌아야 할 거리를 남겨두었지만 공전주기가 29.5년인 토성과 태양 사이에 목성이 차츰 끼어들기 시작하면서 지구와 태양 사이에서 거의 일직선을 이루는 게 화면상으로 보였다.

다음으로 화성이 붉은 빛을 내면서 서서히 진입해 대기하고 있던 두 개의 거대한 행성에 차츰 한 방향으로 늘어서는 순간 금성이 삼태성처럼 늘어선 세 개의 행성 사이로 서서히 끼어들었다. 그때까지도 수성은 나머지 네 행성의 궤도는 상관도 하지 않는 듯 빠른 속도로 돌다 갑자기 맹렬한 속도로 네 개의 행성이 일직선으로 늘어선 선상에 쑥 들어가버렸다.

「아아!」

다섯 개의 행성은 급기야는 완전한 일직선상에 늘어서버린 것이다. 컴퓨터 화면을 찍었을 스크린 하단의 숫자판에는 기원전 1733이라는 연도가 떠 있었다.

실제 오성취루가 일어난 해는 흘달 49년이 아니라 흘달 50년이었던 것이다. 태양에서 가까운 순서대로 금성 목성 토성 수성 화성이 일직선에서 장관을 연출해내고 있는 그 현상은 실제 기록과 단지 1년의 차이가 나고 있었다. 최소한 600년이 넘는 주기로 돌아오는 현상이라 1년이라는 기록의 오류에 큰 의미는 없었다. 별자리 또한 양자리가 아니었지만 당시는 지금처럼 28수의 별자리가 있는 것도 아니고 지금의 별자리가 서양의 것인 점을 감안하면 어떤 별자리에 있었느냐보다 그 오랜 옛날 누군가 그런 현상을 기록했다는 자체가 중요한 것이었다. (이 실험은 고등과학원 박창범 교수(전 서울대 천문학과 교수)에 의해 행해졌음을 밝힙니다.)

그 놀라운 실험에 모두는 경악했는지 입을 다물었다. 가끔 누군가의 한숨 소리와 헛기침 소리만이 들렸다. 얼마간의 침묵이 흐른 뒤 최병은 교수가 다시 나섰다.

「〈단군세기〉의 오성취루 기록을 과학으로 증명한 점은 인정을 해요. 그런데 이 모듈은 누가 만든 거요?」

「미국의 NASA에서는 미래와 과거의 행성운동과 일식현상을 인터넷을 통해 공개하고 있습니다. 최 교수님도 직접 확인해볼 수 있습니다.」

「누군가가 어디에서 오성취루의 기록을 보고 〈단군세기〉에 베꼈을 가능성도 있는 거 아니오?」

「이 오성취루 현상은 방금 보셨다시피 매우 드물게 일어납니다. 따라서 세계적으로도 기록이 드물고 교수님이 염두에 두고 있는 중국에도 이 기록은 역사를 통틀어 몇 번 있을까 말까 합니다. 따라서 남의 것을 함부로 베낄 수 있는 성질의 것이 아닙니다.」

「그러나 고조선에서, 아니 한 교수의 주장대로라면 한에서 기원전 1733년에 이런 기록을 했다는 건 정말 받아들이기 힘들어요.」

「이게 다른 중국의 것을 베낀 거라면 원전이 있을 거 아닙니까? 같은 날짜로 된 중국 측의 원전 말입니다. 그러나 중국 측에는 같은 날짜는커녕 몇백 년 내에 비슷한 기록조차 없습니다. 원전이 없는데 무얼 베꼈단 말입니까?」

「음!」

은원의 논리는 단순명료했고 거칠 게 없었다.

「과학은 신뢰하겠지만 아무래도 〈단군세기〉라는 믿을 수 없는 책에 있다는 사실은 받아들일 수 없소.」

은원은 말없이 파워포인트로 스크린에 큰 글자를 썼다.

「같은 〈단군세기〉 마휴(馬休) 재위 기간에 이 '남해조수퇴삼척(南海潮水退三僩)'이라는 기록이 있습니다. 뜻은 문자 그대로 남해의 조수가 세 척 밀려나갔다는 뜻입니다. 이것 역시 달의 움직임을 계산해 과학적으로 증명할 수 있습니다. 물론 우리는 우리나라 남해의 조수 현상을 컴퓨터로 추적해 이 기록과 불과 4년 차이 나는 시점에 엄청난 조수의 밀려남 현상이 있었던 것을 확인했습니다.」

「4년 차이가 났다면 부정확한 거 아니요?」

「이 현상은 기원전 931년에 일어났지만 〈단군세기〉에는 935년이라고 기록되었습니다. 지금으로부터 약 3천 년 전의 기록이란 걸 감안하면 4년의 오차는 받아줄 수 있습니다. 이 남해가 우리의 남해가 아니고 혹시 중국의 남해인가 싶어 저는 달의 운동에 따라 중국의 남해도 검증해보았지만 기원전 935년을 앞뒤로 해서 100년간은 이런 현상이 전혀 없었습니다.」

「그 세 척이라는 건 어느 정도 길이를 말하는 거요?」

「좋은 질문을 해주셨습니다. 저는 〈단군세기〉에 있는 이 기록을 접하고 나서 여기서 말하는 척이란 단위가 얼마나 되는 길이인지를 알아보기 위해 온갖 노력을 다했습니다만 알 수 없었습니다. 지금 쓰는 척(尺)은 30센티미터이기 때문에 이것과는 거리가 아주 먼 단위입니다.」

이제 학자들은 은원이 오성취루를 증명할 때 사용한 방법이 매우 정밀했다는 사실 때문에 쓸데없는 시비를 거는 대신 주의를 기울여 듣고 있었다.

「이 척(倜)을 조사하다 저는 아주 중요한 사실을 깨닫게 되었습니다. 바로 〈단군세기〉의 위서 논쟁인데요, 이제껏 여러분들은 〈단군세기〉를 후세의 누군가가 시대를 속이고 쓴 창작이라고 주장해왔습니다.」

학자들은 이 부분에서 청력을 최고로 끌어올렸다.

「그런데 중국의 한자 변천사를 연구해보니 이 척은 기원전 6세기 이전에만 길이를 나타내는 말로 쓰인 걸 알아낼 수 있었습니다. 즉 기원전 5세기 이후의 사람들은 이런 길이 단위를 알래야 알 수 없다는 겁니다. 다시 말하면 후세의 누군가, 여러분이 주장하는 후세의 누군가는 절대로 이런 단위를 쓸 수 없다는 겁니다.」

「음!」

「으음!」

좌중의 학자들은 연신 신음을 토해냈다.

「〈단군세기〉는 고려 공민왕 때 이암에 의해 쓰인 연대기입니다. 이 척이라는 단위가 없어진 지 2천 년 후에 쓰여졌다는 말입니다. 이 책이 창작되었다는 주장은 이 단위 하나로 전연 말이 안 된다는 게 밝혀진 것입니다. 이 책의 저자는 자신이 마음대로 과거를 창작한 게 아니라 방금 보았듯이 최소한 기원전 10세기, 아니 기원전 18세기 이전부터 전해진 기록을 보고 그대로 옮긴 겁니다.」

이제껏 은원을 조롱하고 업신여기는 분위기로 가득 찼던 회의장에 침묵이 감돌았다.

「이제 나는 과거 우리나라가 이루었던 고대국가가 한이었다는 걸 여러분에게 밝히려 합니다. 계속 이렇게 조용히 들어주셨으면 고맙겠습니다.」

정서는 고개를 숙이고 웃었다. 은원의 목소리에는 점점 더 힘이 실렸다.

「중국의 최초 국가는 하(夏)나라라고 합니다. 그리고 은(殷)나라를 거쳐 주(周)나라로 이어지는데, 이 주나라에 와서 비로소 고대국가의 면모를 약여하게 지니게 됩니다. 은나라는 상(商)나라라고도 불렸는데 현재 중국은 막대한 돈을 들여 이 무렵의 역사를 재정립하고 있습니다. 이 주나라는 기원전 12세기 무렵 세워진 나라로, 여기에 해당하는 우리나라 역사는 텅 비어 있습니다.」

은원은 시종 감정을 절제하고 평온한 목소리로 발표를 하고 있었다.

「경주박물관에 가보면 우리나라 최초의 고대국가가 탄생한 시기를 기원전 40년 무렵으로 잡고 있습니다. 이 무렵 삼국이 신라, 고구려, 백제 순으로 생겨났다고 일본인 학자들이 철골을 세우고 여러분들이 콘크리트를 친 역사입니다. 그전은 물론 단군 할아버지의 고조선입니다.」

「조롱하지 말고 하시오!」

「지금 과학실험으로 보았듯 우리에게는 기원전 18세기에 오성취루의 기록이 있고 기원전 10세기에 남해조수퇴삼척의 기록이 있습니다. 그 텅 비었다는 우리 역사에 이토록 문명화된 나라가 있었다는 얘깁니다. 이제 이 나라의 존재를 역사 기록으로 찾아보겠습니다.」

「당신이 그렇게 강력하게 주장하는 기록은 뭐요? 주나라 때의 기록이라도 된단 말이오?」

좌중에서 누군가 소리쳤다.

「주나라 때의 기록이 도대체 어디 있다고 그래? 여러분 속지 말아요! 저 여자는 어디 이상한 문집이나 하나 내놓을 거요. 주나라 때의 문집이라고 말이지. 그러나 그런 걸 어떻게 믿어?」

「기원전 200년 무렵이 되어서야 비로소 중국의 역사서에 조선이라는 이름이 나오는데 주나라는 무슨 주나라야?」

누군가 한번 그동안 눌렸던 감정을 터뜨리자 여기저기서 고함소리가 마구 터져 나왔다.

「아까 말씀드렸듯이 이 기록은 역사책에 있는 것이 아닙니다.」

누군가 기다렸다는 듯 고함쳤다.

「그것 보라니까! 사서가 아니야. 어떤 놈이 문집에서 제 주장을 한 걸 가지고 저런다니까!」

「사서가 아니면 어떻게 믿으란 말이야!」

은원은 잠시 기다렸다가 소란이 가라앉자 말을 이었다. 정서는 누구보다도 신경을 곤두세웠다. 펑타오에게 몇 번이나 물었던 바로 그 질문의 답이 지금 은원의 입에서 터져 나오려는 순간이었다.

이 기록만 믿을 만한 걸로 확인되면 잃어버린 3천 년의 역사를 되찾는 것이었다.

「사서는 아니지만 오히려 사서보다 더 인정을 받고 있고,중국 고대서적 중에 가장 인정받는 책입니다. 오히려 잠깐 탄생했다 소멸해버린 믿을 수 없는 나라들의 사서보다 더 묵직하고 권력자의 입김에 놀아난 사서보다 더 솔직한 책입니다.」

「여러분, 저 여자 말을 믿으면 안 돼요. 한마디로 요설이에요. 사서보다 더 믿을 수 있는 책이 어디 있다 그래요? 그것도 그 먼 주나라 때 거라면서.」

은원은 고함치는 사람을 힐끗 쳐다보았다. 상고사학회 고문이었다.

「이 책은 바로 〈시경(詩經)〉입니다. 우리 모두가 너무나 잘 아는 〈시경〉, 사서삼경 중에서도 으뜸으로 치고 공자가 입이 마르도록 칭송했던 바로 그 〈시경〉에 우리 조상의 나라가 한이라는 사실이 나와 있습니다.」

은원의 입에서 나온 〈시경〉이라는 제목에 학자들은 한결같이 놀라는 표정을 지었다. 그들은 서로를 마주보며 상대의 반응을 살폈지만 모두 금시초문이라 어떤 반응을 보여야 할지 알 수 없어 했다.

「그게 정말이오?」

「물론입니다. 〈시경〉 한혁(韓奕) 편에는 한후라는 인물이 나옵니다.」

은원은 준비한 〈시경〉을 펼쳐 보였다.

한후(韓侯)는 맥족을 복속시키고 그 땅의 제후가 되었다.

갑자기 고려대학교의 이성구 교수가 호통을 쳤다.

「지금 그걸 증거라고 내놓는 거요?」

「네.」

「그건 우리 모두가 아는 문장이오. 맥족은 고구려를 세운 부족이오. 그래서 우리 민족을 예맥이라고 한단 말이오. 중국의 한후가 맥족을 복속시키고 제후가 된 게 어째서 우리나라의 뿌리와 관계가 된단 말이오?」

「한후가 중국인이라는 말입니까?」

「당연히 그렇소.」

「그럼 이 한후는 중국 어느 나라의 임금입니까?」

「당연히 춘추전국 시대의 한나라 왕이 아니오? 여기서 그걸 모르는 학자들이 있소? 전국 칠웅인 한나라 아니오?」

「그러면 이성구 교수님이 알고 계신 대로 정리하자면 전국 칠웅 중의 하나인 한나라의 임금이 고구려의 뿌리가 되는 맥족을 쳐서 복속시키고 제후가 되었다는 뜻이군요.」

「그건 모두가 알고 있는 확고부동한 사실이오.」

「그럼 같은 〈시경〉에 있는 이 문장을 한 번 보시겠어요?」

은원은 페이지를 넘기더니 다시 한 줄의 문장을 읽었다.

한후가 수도에 들자 선왕(宣王)은 경계를 논하였으며 조카딸을 시켜 밤시중을 들게 하였다.

「이게 뭐 이상한 게 있소? 한후가 주나라에 갔던 모양이군.」

「혹시 한(韓)이라는 나라가 어떻게 생긴지 아세요?」

「춘추오패 중의 하나인 진이 나뉘어져 조나라 위나라 한나라가 된 거 아니오?」

「그 한나라가 언제 생긴지도 기억하세요?」

「그럼, 기원전 403년이던가? 기억이 정확하지는 않지만 그런 것 같소.」

「잘 들어보세요. 〈시경〉은 주나라 때부터 춘추 중기 사이의 일들을 기록한 겁니다. 한후가 나오는 이 한혁 편은 주나라 선왕 때의 일을 쓴 거지요. 주나라 선왕은 기원전 827년부터 782년까지 재위했습니다. 즉 한후는 이 시기에 주나라를 방문한 겁니다. 이성구 교수님 말씀을 따르면 기원전 403년 이후의 인물이 기원전 800년 무렵의 과거로 돌아가 주나라 선왕을 만난 게 됩니다.」

「앗!」

「어!」

「아니!」

곳곳에서 놀라는 소리가 들렸다.

「이 한후는 여러분이 알고 있는 그 한나라의 임금이 아닙니다. 그 한나라보다 최소한 400년에서 600년 전에 존재 중이던 나라의 임금입니다. 그리고 한후의 나라 한이 바로 우리나라입니다.」

「뭐야!」

「뭐라고!」

「무슨 소리를 하는 거야!」

「저런 젊은 것이!」

학자들의 비난이 잇따라 쏟아졌지만 은원은 조금도 동요하지 않았다. 시간이 한참 지나도록 학자들의 소란은 멈출 줄 몰랐지만 누군가 일어나 흥분한 학자들을 제지했다.

「조용히 해요! 한번 들어봅시다.」

「맞아요! 우리들이 지금 이 순간까지 한후를 중국인으로 잘못 알고 있었던 건 사실이잖소!」

그러고도 한동안 계속되던 소란이 가라앉자 한 사람이 일어났다. 연세대학교의 설광열 교수였다.

「〈시경〉은 우리나라에서도 수백 년 동안 수많은 사람에 의해 수백만 번 읽혀졌을 거요. 공자가 가장 좋아한 책인데다 사서삼경 중에서도 맨 위에 꼽히는 책이니 말이오. 그런데 그 수많은 사람들 중 아무도 이 한후를 우리 조상으로 생각하지는 않았소. 한 교수 혼자만 그런 주장을 펴고 있단 말이오. 그건 당신이 아주 특별한 사람이라 그런 거요?」

「물론 많은 사람이 〈시경〉을 읽었지만 역사의 관점으로 보지는 않았어요. 수양과 교양을 위해 읽었을 뿐입니다. 또 한후를 전국 칠웅 중 하나인 한으로 안 것도 당연합니다. 그 시기 즉, 기원전 9세기 무렵 우리에게 고대국가가 있었다고 생각한 사람은 아무도 없으니까요.」

「지금 얘기한 그 연대는 맞아요. 한후의 한이 우리가 알고 있던 전국 칠웅 중의 한이 아니라 다른 한인 것은 연대로 증명이 되는 것 같아요. 그런데 이 한이 고대의 우리나라라는 건 어떻게 알 수 있단 말이오? 전국 칠웅 중의 한이 아니기 때문에 우리나라라는 거요? 아니면 삼한이나 대한민국과 같은 한(韓)을 쓰니까 우리나라라는 거요?」

「중국의 모든 서책 중에는 우리의 고대국가 한이라는 단어가 꼭 세 군데에서 나옵니다. 하나는 여러분이 알고 계시는 〈삼국지 위지 동이전(三國志魏志東夷傳)〉의 삼한, 또 하나는 바로 이 〈시경〉 '한혁' 편의 한후. 그리고 또 한 권의 책이 있습니다. 이 책이 바로 한후가 우리나라 사람인 것을 명백하게 증명합니다.」

이제 학자들은 숨소리 하나 내지 않은 채 은원의 입가로 시선을 꽂았다. 삼한이 한국의 뿌리인 것은 익히 알고 있는 바였지만 시경의 한후가 한국인이라는 주장은 충격이었다. 역사학자 중 아무도 〈시경〉을 주목하지 않았을 뿐 아니라 설사 '한혁' 편을 읽었다 하더라도 한후는 당연히 전국 칠웅 중 하나인 한나라의 제후로 이해했을 터였다.

하지만 은원이 연대를 제시함으로써 그 한후가 한의 제후가 아님은 분명해졌지만 그렇다고 한국인의 조상이라고 받아들이기는 너무나 어려웠다. 아무도 그런 생각을 해본 적이 없는 것이다.

그런데 이제 이 어린 교수가 〈시경〉의 한후가 한국인임을 증명하는 또 한 권의 책이 있다고 하지 않는가.

은원은 당당하고 자신 있는 표정으로 긴장한 학자들의 얼굴 하나하나를 뜯어보았다. 고등학교 때 한의 뿌리를 찾겠다고 결심한 이래 뼈를 깎는 노력과 연구를 거쳐 찾아낸 자랑스러운 글자 한을 한국의 고대사 전문가 모두가 모인 앞에서 털어놓을 수 있게 된 현실이 꿈만 같았다.

「한을 언급하고 있는 또 한 권의 책은 후한의 학자인 왕부가 쓴 〈잠부론(潛夫論)〉입니다.」

「왕부?」

「〈잠부론〉?」

「누구지?」

「비중이 있는 사람이야?」

은원의 목소리가 이어졌다.

「왕부가 얼마나 대단한 학자인지 아시는 분도 있을 것입니다. 그는 이 세상에 존재하는 모든 성씨의 근원을 파헤쳐 〈씨성본결〉을 썼습니다. 하지만 이 책은 사라졌습니다. 다만 한 가지 다행스러운 건 그가 〈잠부론〉에 이 위험한 책의 흔적을 남기고 있다는 점입니다. 그는 이 〈잠부론〉 '씨성' 편에서 한씨의 유래를 따지면서 바로 〈시경〉에 나왔던 한후를 언급하고 있습니다.」

은원은 〈잠부론〉 씨성 편의 한 구절을 스크린에 비추었다.

시경 속 한후는 기자조선의 동쪽에 있는 나라의 임금이다.

「뭐라고!」

「아니!」

「저런!」

학자들의 탄성은 한참이나 이어졌다. 몇몇 학자들은 앞으로 나와 은원이 펼치고 있는 〈잠부론〉의 이 구절을 몇 번이나 입으로 되뇌어보기도 했다.

「우리의 조상이 '오성취루'를 기록한 기원전 1733년보다 약 천 년 후인 기원전 827년에서 782년 사이에 한후는 주나라 선왕을 방문했고 그로부터 천 년 후 왕부는 자신의 저서 〈잠부론〉에 이렇게 썼던 것입니다. 이것이 중국의 모든 역사책에서 찾을 수 있는 한의 전부입니다. 여기서 기자조선이 어디를 말하는지는 잘 아시리라 믿습니다.」

「그러나 기자가 동쪽으로 갔다는 기자동래설은 근거가 없지 않소?」

「기자가 동쪽으로 갔든 안 갔든 그건 의미가 있는 게 아닙니다. 문제는 기자가 살던 은나라 말기 주나라 초기에 이미 동쪽에 중국과는 다른 나라가 있었다는 사실을 이 기자동래설은 말해주는 겁니다.」

「기자조선의 동쪽에 있는 나라라면 당연히 우리 조상의 나라일 수밖에 없소. 하지만 당신은 지금 그게 조선이 아니고 한이라는 거요?」

「조선이란 국명이 처음 등장하는 건 기원전 3세기 이후에 들어서서입니다. 〈상서〉라든지 〈삼국지 위지〉라든지 〈산해경〉이라든지 하는 책에 처음 조선이 등장하는 거죠. 기자가 동쪽으로 갔다는 기록도 이때 만들어집니다. 하지만 한후는 이미 기원전 9세기 무렵의 기록에 나옵니다. 그러면 한과 조선 중 어느 게 먼저인지 자연히 알 수 있을 겁니다.」

「으음!」

한양대학교의 임정근 교수가 자리에서 일어나 앞으로 나왔다. 그는 은원의 앞에 놓인 〈시경〉과 〈잠부론〉의 내용을 유심히 살폈다. 두 권 모두 대단한 권위를 가진 책이라 무턱대고 부정할 수는 없다고 생각한 임 교수는 고개를 끄덕이면서도 한은원의 주장을 곧이곧대로 받아들이려 하지는 않았다.

「한 교수 말대로 한다면 〈시경〉과 〈잠부론〉을 믿느냐 안 믿느냐의 문제군.」

이때 박일기 교수가 퉁명스럽게 임 교수의 말을 반박하고 나섰다.

「〈시경〉이나 〈잠부론〉과 같은 책들을 안 믿겠다면 역사는 하나 마나이지요. 오히려 이런 책들은 의도적으로 편찬된 사서보다 더 진실성이 있어요.」

〈잠부론〉을 아는 몇몇 학자들이 고개를 끄덕였다. 그중 한 사람이 일어났다. 서강대의 정복제 교수였다.

「〈잠부론〉은 한대의 최고 저작으로 꼽힐 뿐만 아니라 중국 전체의 역사 속에서도 손가락 안에 꼽히는 명저입니다. 저는 왕이나 황제의 입맛에 맞도록 편찬된 사서들보다는 오히려 〈잠부론〉을 믿겠습니다.」

몇몇 학자들의 유사한 발언에 이어 묵직한 명성을 가진 한 원로학자가 일어났다. 삼한 연구로 유명한 부산대학교의 박우석 교수였다.

「나는 사실 오늘 시종 놀라움을 금할 수 없었소. 평생 삼한을 연구한 사람이지만 삼한의 한이 그 한에 뿌리가 있다고 생각하지는 않았소. 그런데 오늘 한은원 교수님의 말씀을 듣다 보니 삼한이 바로 거기서 나왔다는 확신이 들어요.」

그러자 은원이 박우석 교수에게 손짓을 했다.

「교수님, 이걸 좀 봐주시겠습니까?.」

박우석 교수는 영문을 모르고 앞으로 걸어 나갔다.

은원은 〈잠부론〉 씨성 편의 페이지를 넘겼다.

「한이라는 성씨의 유래이자 삼한의 유래이기도 합니다. 보세요.」

「어! 아니!」

삼한의 권위자 박우석 교수는 망막에 들어온 한 구절을 보는 순간 자신도 모르게 탄성을 내질렀다.

「이게 이럴 수가! 아니 이게!」

학자들은 자연히 평소 과묵한 박우석 교수가 도대체 무엇을 보았기에 저렇게나 연신 탄성을 쏟아내는지 궁금했다. 은원은 박우석 교수가 보고 있는 구절을 스크린에 비추었다.

한후는 연나라 부근에 있었다.

차츰 한(韓)의 서쪽에서도 한씨 성을 갖게 되었는데

그 후에는 위만에게 망하여 바다를 건너갔다.

좌중의 학자들은 다시 한 번 놀라지 않을 수 없었다.

「이것이 삼한의 유래입니다. 잘 아시다시피 위만에게 망해 바다를 건너간 사람은 바로 고조선의 준왕입니다. 한후의 후손이고 성이 한씨입니다. 그가 건넌 바다는 황해입니다. 고조선이 위만에게 망하자 그는 한반도 남부로 가 마한, 진한, 변한이라는 국호를 썼습니다. 한후의 한이 한반도 남부에서 되살아난 겁니다.」

「아, 여기 이런 기록이 있었나!」

박우석 교수는 허탈한 표정으로 고개를 가로저었다.

「보시다시피 청주 한씨라는 성은 중국에서 차용한 게 아니고 처음부터 우리 민족을 나타내는 고유한 성이자 한후와 핏줄을 같이하는 왕의 성입니다.」

「그럼 한과 고조선의 관계는?」

「아주 오랜 옛적부터 우리의 고대국가는 한이었지만 그 후 어느 시점부터 조선이라 불린 겁니다. 이 기록이 증명합니다.」

「으음, 그런데 어째서 우리는 이런 기록을 이제까지 보지 못한 겁니까?」

박우석 교수의 표정에는 허탈감과 안타까움과 은원에 대한 경의와 다행이라는 안도감까지 뒤섞여 있었다.

「〈잠부론〉이 역사책이 아니기 때문입니다. 물론 〈시경〉도 그렇습니다.」

박우석 교수는 크게 고개를 끄덕이며 자리에 돌아가 앉았다. 이제는 누구도 처음 심의회가 시작되었을 때처럼 은원을 대놓고 깔보거나 하지 않았다. 은원도 이제까지와는 다른 차분한 목소리로 얘기를 시작했다.

「저는 고등학교 때 처음으로 제가 가진 한이라는 성이 중국의 한나라에서 왔다는 얘기에 의문을 품었습니다. 그렇다면 같은 글자인 대한민국의 한도 중국에서 와야 하는 건데 우리의 조상이 중국의 한나라를 따르자고 대한민국이라는 국호를 지었을 리가 없다고 생각했기 때문입니다.」

학자들 중 몇 사람이 고등학교 때부터 이런 생각을 해왔다는 은원을 보며 놀랍다는 표정을 지었다.

「한을 찾아 나선 저는 처음 고종 실록을 보았고 거기에서 삼한을 잇고자 대한제국이라는 국호를 쓴다는 기록을 보았지만 저의 성씨와 내 나라 국호에 대한 의문은 가라앉지 않았습니다. 압록강까지 경계를 가진 조선이 신라 백제 가야 이전의 그 작은 나라를 잇고자 할 리가 없다고 생각했기 때문입니다.」

고개를 끄덕이는 사람이 생기기 시작했다.

「아무리 많은 사서를 뒤져도 한의 유래를 찾을 수 없었지만 우리는 분명히 중국 춘추전국의 한과는 다르다는 신념이 제게는 있었습니다. 그래서 저는 이 세상의 성씨의 유래를 더듬기 시작했던 겁니다. 그러다 만난 책이 바로 왕부의 〈잠부론〉입니다. 그리고 한씨는 춘추전국시대 한나라에서 비롯된 게 아니라 그 훨씬 이전에 우리의 조상이 이룬 나라로부터 나왔다는 것을 알게 되었습니다.」

쉽게 수긍하려 하지는 않았지만 은원의 새로운 방법론에 많은 학자들은 마음속에서부터 느껴지는 바가 있었다.

「그리고 저는 역사에 과학이라는 방법론을 도입하고자 했습니다. 저는 먼저 일본인들이 완전히 묻어버린 우리의 고대국가를 과학으로 증명하고자 했습니다. 그래서 〈단군세기〉를 골랐고 거기에 있는 자연현상의 기록을 찾았습니다. 바로 '오성취루'와 '남해조수퇴삼척'이었습니다.」

처음과는 달리 아무도 은원을 비아냥거리는 사람이 없었다. 오히려 숙연한 분위기가 감돌아 은원의 한마디 한마디는 또렷하게 사람들의 귓가에 파고들었다.

「그리고 NASA에서 제공하는 천문 시스템을 이용해 과학으로 증명해냈습니다. 물론 기원전 1734년의 기록과 기원전 935년의 〈단군세기〉 기록이 사실과 정확히 부합한다는 것을 말입니다.」

「음!」

누군가의 입에서 신음이 새어 나왔다.

「일본인들의 억지와 우리의 무지로 완전히 묻어버린 우리의 고대사에 이처럼 자랑스럽고 찬란한 문명이 있었던 겁니다. 웅녀와 단군 할아버지로 엉성하게 처리된 우리 조상의 나라는 수성, 금성, 화성 목성, 토성이 일렬로 정렬하는 천문현상은 물론 남해의 조수간만까지도 기록하는 훌륭한 문명국가였고 이것은 세계 고인돌의 반 이상이 한반도에 존재하고 있다는 사실과 훌륭하게 부합합니다.」

누군가 주먹을 쥐고 가볍게 책상을 두드렸다. 찬성과 공감의 표시였다.

「일본인들이 이 땅의 역사를 찌그러뜨리고 간 지 60년이 지났지만 아직 우리 역사는 거기서 한 발짝도 앞으로 나가지 못했습니다. 그리고 이제는 중국이 우리 역사를 송두리째 빼앗아 가고 있습니다. 심의위원 여러분, 저는 단군 신화로 얼버무려져 있는 우리의 자랑스러운 고대사를 되찾기 위해 '오성취루'와 '남해조수퇴삼척'과 〈시경〉과 〈잠부론〉을 내놓는 바입니다. 그리고 편찬위원회에서 이 나라의 역사 교과서를 고쳐줄 것을 당당히 요구합니다.」

책상을 두드리는 소리가 커졌다. 이제는 한 사람만이 내는 소리가 아니었다.

「한국인은 자랑스러운 사람들입니다. 우리는 유태인보다 장엄한 역사를 가졌고 중국인들과 맞서며 반만년을 지켜왔습니다. 여러분! 잃어버린 한의 역사를 되찾고 고조선의 역사를 되찾을 때에야 우리는 비로소 한겨레가 되어 통일을 이루어낼 것입니다.」

이제 책상을 두드리는 소리는 기원전 18세기 천문을 관측하고 조수간만을 측정하며 만주벌판을 호령하고 주나라 수도를 방문하던 한후의 말발굽 소리가 되어 회의장을 덮어왔다. 정서는 그렇게 느꼈다.

「'오성취루'와 '남해조수퇴삼척'을 증명하고 〈시경〉과 〈잠부론〉을 찾은 건 저 한 사람이 한 일이지만 이제 여러분이,아니 온 국민이 동참하면 우리는 반드시 우리의 당당하고 자랑스러웠던 역사를 얼마든지 회복시킬 수 있습니다.」

가장 완고하던 상고사학회의 임원들까지도 조용히 눈을 감고 은원의 열변에 귀를 기울이고 있었다.

「나라의 힘이 반드시 경제에만 있지는 않을 것입니다. 밥은 중요합니다. 하지만 자신을 소중하게 생각하는 일은 그 무엇보다도 중요합니다. 과거를 알아야 미래를 세웁니다. 우리의 조상을 찾는 일이야말로 자손을 보전하는 가장 분명한 길입니다.」

이제 책상 두드리는 소리는 은원의 목소리를 완전히 묻어버렸다.

정서는 자리에서 일어나 조용히 심의회장을 빠져나왔다.

정서는 인천공항 라운지에서 노트북 컴퓨터를 꺼내 가이아에게 짧은 메일을 하나 쓰기 시작했다.

내 친구 은원.

심의회에서의 너는 역시 훌륭한 사학도였다. 너의 그 발표가 이 나라 역사를 제자리에 세우는 밀알이 되기를 진심으로 기원한다.

네가 내준 숙제의 답이 〈시경〉이었다는 걸 알고 사실 많이 놀랐다. 앞서 간 우리의 친구 미진이도 사실은 내게 똑같은 숙제를 내준 셈이더군. 아무튼 미진도 네가 이룬 성취를 무척 기뻐해줄 거라고 믿는다.

시간의 더께는 후세의 사람들이 아무리 지우려고 해도 완전히 지울 수는 없는 거라 하던 너의 말처럼, 나는 네가 뒤늦게라도 〈씨성본결〉을 반드시 찾아내어 미진의 죽음을 더욱 값지게 하리라 믿는다.

이제 나는 다시 나의 자리로 돌아간다. 중국에서 한바탕 난리를 쳤더니 따뜻한 핵융합로가 그리워지는군.

많이 보고 싶을 거다.

언제나 변함없기를.

심의회

끝